谜文库 | 世界是一个谜语

巴黎，
生活在此处

Paris, la vie est ici

张佳玮 著

华东师范大学出版社

·上海·

图书在版编目（CIP）数据

巴黎，生活在此处 / 张佳玮著. -- 上海：华东师
范大学出版社，2024. -- ISBN 978-7-5760-5149-0

Ⅰ. I267.1

中国国家版本馆 CIP 数据核字第 20246H9J14 号

巴黎，生活在此处

著　　者	张佳玮
责任编辑	顾晓清
审读编辑	韩　鸽
责任校对	李琳琳
装帧设计	陈玮琪

出版发行	华东师范大学出版社
社　　址	上海市中山北路 3663 号　邮编　200062
客服电话	021 - 62865537
网　　店	http://hdsdcbs.tmall.com/

印 刷 者	上海邦达彩色包装印刷有限公司
开　　本	850×1168　32 开
印　　张	11.375
版面字数	170
版　　次	2024 年 8 月第 1 版
印　　次	2024 年 8 月第 1 次
书　　号	ISBN 978-7-5760-5149-0
定　　价	69.00 元

出 版 人	王　焰

（如发现本版图书有印订质量问题，请寄回本社市场部调换或电话 021-62865537 联系）

目录

巴黎。Paris。

最初并没什么人想专门去。

公元前 52 年，罗马人来到此地前，这里本是个巴黎西人（Parisii）沿塞纳河聚居的所在，核心是塞纳河上的西岱岛——Île de la Cité。

后来星移斗转。

公元 451 年，号称"上帝之鞭"、杀人如麻的匈奴老大阿提拉，不知道两年之后，他就要死在洞房花烛夜了，只顾引着大军，满欧洲开拓牧场。他当时分军三路，一路烧杀，兰斯、梅斯、康布雷这些城市，所过皆墟。那时巴黎是个小镇，窝在塞纳河中的西岱岛上，哪敌得过匈奴铁蹄？

有个南特出生的姑娘，父亲是法兰克人，母亲是高卢和罗马混血。她看巴黎人一片惊呼，打算弃岛而去，便号召大家：别慌！相信上帝！祈祷去！

据说这场祈祷，不知怎么地，让匈奴压境大军对巴黎忽失兴趣，一转身奔了奥尔良去。巴黎躲过了灭顶之灾。

传说后来希尔佩里克一世来围攻巴黎。又是这姑娘，口颂上帝，坐船穿越警卫线去特鲁瓦，给巴黎带回了麦子。传说她亲见希尔佩里克一世，跟他聊犯人的福利。两番救下巴黎后，这姑娘声名传世，大家叫她圣热内维埃夫，巴黎的守护女神。

这是公元 5 世纪的巴黎：沿河铺岛的小镇，守护城市的传奇农女。阿提拉挥鞭，与此擦身而过。

腓力二世建立起了卢浮宫。弗朗索瓦一世——他是达·芬奇的好朋友——将巴黎定为法国的核心，从佛罗伦萨嫁过来当王后的凯瑟琳·德·美第奇，建起了杜伊勒里花园。

1360 年春天，黑太子爱德华——十四年前帮英国赢了扬威天下的克雷西战役、四年前指挥了普瓦捷战役、俘虏了法王约翰二世的英国天才——引大军直逼巴黎城下。他知道巴黎的价值，知道这地方在公元 508 年成了墨洛温王朝的首都，并且有了木板草就的宫殿；在公元 987 年成了西法兰克王国的首都，在 11 世纪有了城市、公共喷泉和城墙，腓力二世还造起了卢浮宫。他知道 1348 年，巴黎的人口足有 20 万，在欧洲首屈一指。他也知道只要占领这里，英国人就能控制法国。

81 年之后的 1429 年 7 月 18 日，圣女贞德帮助查理七世在兰斯举行了加冕礼，成为法国国王，之后就要求向巴黎进军，

"在圣母院教堂敲起胜利的钟声"，因为那才意味着法国打赢百年战争。虽然她在次年就被俘牺牲，但 1436 年，查理七世夺回了巴黎；1453 年，百年战争结束。

这是 15 世纪的巴黎：1528 年之前，法国的权力中心在卢瓦河流域，但巴黎已是法国的灵魂。黑太子相信，去巴黎就能夺取法国人的魂魄；贞德相信，夺回巴黎就能宣扬法国人的胜利。巴黎逐渐成了法国的心，塞纳河水是法国的血液。

1625 年 4 月首个星期一——大仲马在他的小说《三剑客》里写道——年轻莽撞、野心勃勃的加斯科尼青年达德尼昂，来到了牟恩镇，奔向巴黎，想去当国王的火枪手。大仲马《三剑客》《二十年后》和《布拉日隆子爵》这三部曲小说长达 48 年的故事就从 17 世纪的巴黎开始。

在巴黎，达德尼昂将遇到名传天下的三个火枪手：阿托斯，匿名来从军的拉费尔伯爵；波尔托斯，神力无敌的豪杰；阿拉密斯，风流倜傥，身兼教士、火枪手、完美情人的贵妇之友。

加上达德尼昂，他们四人流转于法国两任国王路易十三与路易十四、王后安娜·奥地利、一代枭雄红衣主教黎塞留、英王查理一世之间。那个世纪，英法对决，英王权臣白金汉被刺，英王查理一世也终将被砍下首级，华伦斯坦在欧洲兴风作浪，瑞典名王古斯塔夫身先士卒战死疆场。与此同时，法国的诸位英雄豪杰、名人逸士奔向巴黎，为了投效路易王，投效1635年红衣主教黎塞留建立的法兰西学院，或者当个火枪手投身军旅，为法国开疆拓土。那是火器已被发明但尚未普及、血气之勇和剑术还能逞威风的时代，骑士们还在做梦报效君王、博得美人垂青。17世纪的末尾，华丽奢靡的凡尔赛成了法国事实上发号施令的所在——直到1789年。

1789年7月14日，巴士底被攻陷。此后五年时光，巴黎布满了革命、热血、大声抗辩、雷霆般的巨人、党派和断头台。无数录入史册的名字被拘禁、审问、推上断头台，君王和王后被处刑，前一天签署斩首刑的人第二天可能自己上刑场。马拉被刺死在浴中，被大卫画成了古代圣贤的模样。

然后拿破仑和他大鹰般的军帽登场，法国和全欧洲开始了漫长战争；旺多姆广场记功柱顶，矗立着拿破仑身着罗马式袍子的雕像。

1815 年，这一浪潮暂时平息，然后是 1830 年七月革命，德拉克洛瓦描绘出了《自由引导人民》。

也就在这一年，维克多·雨果的《欧那尼》上演，巴黎上演了服装对决：保守派们订了包厢却不去，到了场也背朝舞台坐着，表示"我不稀罕看！"；浪漫主义者们——包括大仲马、拉马丁、梅里美、巴尔扎克、乔治·桑、肖邦、李斯特、德拉克洛瓦这些现如今各色教科书上占据页面的名字，则卫护在舞台周围，为雨果——他们的浪漫主义领袖——抗声叫好。雨果夫人说他们："狂放不羁，不同凡响……穿着各种样式的服装……羊毛紧身上衣啦，西班牙斗篷啦，罗伯斯庇尔的背心啦，亨利第三的帽子啦……就是不穿当代的衣服，光天化日下晃荡。"1789 年至 1830 年，塞纳河水静静看着革命的浪潮、青年的热血、天才的创意、希腊与罗马式的复古幻想裹挟着血与火焰，在天空飞腾。

但对平民来说，这是另一个时代。巴尔扎克的《高老头》里，1819年的巴黎，南方来的大学生拉斯蒂涅，带着父母砸下的、妹妹们省下的学费，去巴黎，身处老面粉商、吃遗产的老太太们身边，目睹上流社会灯红酒绿的舞会和奸情，只能心头艳羡。当他最后一点青春良知随高老头死去而破灭，他在高处看着巴黎的万家灯火，看着旺多姆广场那边的上流社会区域，"恨不得把其中甘蜜一口吸尽"，然后他气概非凡地说：

"现在，咱们俩来一对一吧！"

——这是19世纪初的巴黎。国王被斩首了，皇帝被流放了，革命一再出现。大学生们满怀野心，想打入这里的社交圈子，成为亿万富翁；大师们满怀着理想和主义，想开拓新的时代。到了19世纪中期，1809年出生的奥斯曼男爵，在思考另一件事：巴黎，这座中世纪式的、道路狭窄的城市，是否该改革了？这里的每条街都能建个街垒，每个巷子都是革命者盘踞的舞台……如果把道路拓宽一点？

1846 年，22 岁的欧仁·布丹决定当个全职画家。他是一个水手的儿子，曾在一个画框店工作。他颇有艺术家眼光，和康斯坦·特罗容、让-弗朗索瓦·米勒等人都有联系，也帮他们卖画。早年的米勒还没画出后来名动天下的《拾穗者》和《晚钟》，而且厌弃巴黎的浮华——"我就是要一辈子做个农民"，所以和布丹这个外省子弟相谈甚欢。可是布丹无法抵抗巴黎：和所有法国文艺青年一样，在巴黎转了几圈后，他发现：艺术家还真不是穷人干的活。

朋友费迪南·马丁想了个招给他增加收入：你不是勒阿弗尔来的么？诺曼底海边游人如织，而且都是些富贵闲人。画点户外海岸风景，卖给那班旅游者如何？

布丹一想也对：在巴黎认识的荷兰画家约翰·容金德也早说过，他画户外颇有天赋。得，那就画吧！

半辈子在诺曼底海岸观看天空，布丹对云流、阳光、空气、风极其敏感，穷极无聊，他开始在天空上做文章。他开始用一些极细的笔触，细细密密地描绘深深浅浅、奇形怪状的天空。这份执拗，终于让他的偶像卡米耶·柯罗也不由点头赞叹：这天空着实画得好。

在诺曼底，布丹施展画艺画画谋生。他不爱待画室里，却爱在露天、在诺曼底的海滩边急速作画。他用凌乱的色块和线条勾勒天空，乍看去蓝紫青灰一片五彩斑斓，再看时，明明有阳光的味道、大海的声音。1857 年，在勒阿弗尔，他遇到了一个叫奥斯卡的少年。他教这个少年画画，画云气与雾霭，画海潮起伏、吐气如叹，画日出之后阳光与海洋的游戏。据说在 19世纪 50 年代最后一天，被巴黎赶回勒阿弗尔的布丹，鼓励小奥斯卡去巴黎闯荡。他知道在巴黎有多么艰难，但他也知道，那时的巴黎已开始有宽阔的林荫大道、新古典主义的石头建筑。小奥斯卡带着勒阿弗尔的乡音，和一身大海带给他的肤色，梳着背头，略有胡茬，拘束地打着领巾，带着布丹的介绍信，去巴黎，对布丹的老朋友容金德报名：

"我是奥斯卡-克劳德·莫奈。"

到 19 世纪 70 年代，以莫奈《日出·印象》命名的印象派运动波澜兴起；19 世纪 90 年代，后印象派的塞尚、梵高和高更开始名动天下；毕加索说"塞尚是我们的父亲"；塞尚认为莫奈开启了一切；而若追本溯源，莫奈曾提到那两个鼓励他去巴黎的人：

"布丹让我决定成为一个画家"，"容金德为我眼睛上了最重要的一课"。

1900 年，泽尔达·塞尔生在美国南方的阿拉巴马州。16 岁时她就是学校的舞会皇后，万千宠爱于一身。她高中毕业照上题了段话，极见性情，甚至预示她之后的命运："Why should all life be work, when we all can borrow. Let's think only of today, and not worry about tomorrow." ——"当我们能借到一切，为何要工作终日。让我们只想今日，不要为明日担忧。"20 岁不到，她嫁给了斯科特·菲茨杰拉德。1924 年 4 月，夫妻俩去了巴黎，成了那个时代的金童玉女。在最幸福的时间，他们曾住在巴黎旺多姆广场 15 号的丽兹酒店——而隔着广场中心的记功柱，旺多姆广场 12 号，正是肖邦 1849 年 10 月 7 日逝世之所。1925 年，菲茨杰拉德著名的《了不起的盖茨比》出版，但泽尔达却上演了比小说更经典的故事：她自顾自跑去海滩游泳、舞会欢闹。她认识了一个男人，跑回来要求跟菲少爷离婚——奇妙的是，那男人还蒙在鼓里，全然不知道泽尔达会为了他闹离婚。

也就是这段时间，在巴黎，菲茨杰拉德遇到了海明威——那时海明威刚刚辞掉记者之职，在巴黎一边挨饿，一边构思他的那些伟大小说，并在这里经历了初次成名和离婚。

按照加西亚·马尔克斯的描述，也是在巴黎，1957 年，他曾与海明威有一面之缘——当然，那时海明威已经得过诺贝尔文学奖，离死亡不过五年，而马尔克斯还是个 28 岁的哥伦比亚记者，只能隔街认出海明威后，扬声喊一句"大师！"——然后继续回到他没有暖气的房间，一边冻得发抖，一边修改他那部

《没有人给他写信的上校》。

　　这是 20 世纪之后的巴黎。每座桥、每个咖啡馆、每个桌子和椅子、每棵树，都能够勾勒出许多传奇。全世界的人来到巴黎，看在眼里的是奥斯曼男爵开发的林荫大道和巴黎市景，想着的是各类传奇、艳闻、伟大的名字。网络时代方便了检索，各个年代的传奇聚缩成了一体。于是仿佛同时存在着许多个巴黎：时光流逝，光影重叠。

　　我去巴黎读书前，在上海申请签证，负责签证的那位女士，先问了些例行公事的话题，最后用闲聊的口吻问了句：
　　许多年轻人是年纪轻轻就出国读书了。你 29 岁了，为什么呢？
　　我：因为到 29 岁，才攒够了钱学想学的东西，去自己想去的城市。
　　她：那最初的动机是什么呢？

我：我读的第一本外国小说是《三剑客》，第二本是《高老头》。这两本书的主角，一个达德尼昂，一个拉斯蒂涅，都是年纪轻轻的，想去巴黎见识一下世界才算。然后，海明威写过一本书，写他在巴黎的生活，《流动的盛宴》（**面签官跟我齐声说出来了**），大概这就是最初的念想吧。

　　也就是那年，伍迪·艾伦的电影《午夜巴黎》上映，现在看充满戏谑意味：青年们自有其幻想的巴黎，当然也各自有其不尽如人意。不过没关系，无论来到巴黎的目的有什么不同，但最后，巴黎总还是巴黎。

旧巴黎

许多初到巴黎的人，都会感到失望。

日语里有个词，パリ症候群，所谓巴黎症候群，1991 年由日本精神科医师太田博昭提出。他说许多日本人去巴黎前期望过高，亲历巴黎后大失所望，大感无助。

到巴黎的第一个冬天，有个同学问我，对巴黎失望不失望？没等我回答，她先感叹说，落差真是大：她想象中的巴黎，是时尚纪录片里衣香鬓影、灯红酒绿的都会，是大街小巷都走着优雅女郎的所在，是摄影师精挑细选的埃菲尔铁塔、香榭丽舍大道与凯旋门。

现实中，巴黎啊，"真旧"。

我回答说，还好。大概因为，我想象中的巴黎，是巴尔扎克笔下《高老头》里学生和退休面粉商分享宿舍的巴黎，是《流动的盛宴》里海明威听着卖羊奶的铃声在巷子里回荡的巴黎。我想象中的巴黎老而且旧，所以21世纪的巴黎，对我而言，已经算挺新的了。

巴黎，尤其是小巴黎——我们以此称呼巴黎核心的20个区，大概一百平方公里见方的地界——很少高楼。您去卢森堡公园一站，看得见远处209米高的蒙帕纳斯大楼，孤零零伫立着，四野无伴。比之于曼哈顿、东京和上海，巴黎的地势就像个牛奶碗，低而且凹。

摩天大楼是现代文明产物，而巴黎很旧。如今的小巴黎建筑，还得亏奥斯曼男爵的大手笔。1852 年至 1870 年，这位先生重新规划了巴黎：加宽道路，据说拆了两万栋房屋、新建了四万栋，重建林荫大道、下水道系统，架设桥梁，重塑了歌剧院。巴黎如今那些款式统一的石头房屋、雕花阳台、波纹窗格，所谓"奥斯曼风格"，泰半是他的手笔。当然也有历史学家分析说，奥斯曼男爵拓宽道路并非全出于好心：他是怕巴黎人聚众在街上造垒起义。但好在有他，巴黎的街道好歹比，比如说，佛罗伦萨，要宽一些。

自奥斯曼男爵以来，时光流逝，房子老去。比如索邦大学的几处校舍，外面看去巍峨壮丽，内部则木楼梯摇摇欲坠，芭蕾舞教室的木地板比人都老，走在过道里，仿佛身处 19 世纪背景的电影之中。偶尔看见坐着个白发阿姨，会疑心她从 1890 年开始坐到现在了。

巴黎的地铁也旧。老的地铁线，站台和车厢之间有沟，得跨。一不小心失足，真滑得下一个人去。有些线路如 7 号线，站多，车慢，晃晃悠悠，哐当哐当。如 14 号线则既新又快，以至于 2023 年，不少人开玩笑说：地铁 14 号线和 1 号线要独立出去，不跟其他地铁线扎堆了……

蔡明亮的电影《你那边几点》里，女主角在巴黎倍感孤独，独自在夜班地铁站台等车，看对面站台，也有一个人孤零零在等着；一列车来，带走了对面站台的人，于是整个站台只剩女主角了——巴黎地铁即是如此。

当然，现实生活中，没那么清净：入夜的地铁站，流浪汉们蜷缩在睡袋里，偶有醉汉或精神有问题的人们，搭夜班地铁，会站到座位上去发表演讲。车厢里的诸位沉默地看着，见怪不怪。

许多城市都或多或少被封禁在时光里，比如，威尼斯像是一座永远在玩 16 世纪化装舞会的城市，同理，巴黎一直谨慎地停留在 19 世纪后半到 20 世纪初的风貌。19 世纪 20 年代，巴黎流行起了在石头建筑中混用玻璃与钢铁，借此流行起了拱廊商店街。但 20 世纪到来前夕，民众还在为世博会馆所大皇宫、小皇宫的建造而议论纷纷：这俩宫殿的建造，打算以钢铁为骨架，石料为皮肉，用大量的玻璃来采光——这就让巴黎人觉得"过于现代"了。蒙帕纳斯大楼是 1973 年建造的，巴黎人并不是没本事建两百米高的大楼，但巴黎人就是不喜欢高楼，于是蒙帕纳斯周围，依然孤零零的。

如今您去卢浮宫地铁站，能从地下隧道直接走到卢浮宫地下的苹果手机专卖店，然而一旁的卢浮宫里里外外，还是一派中古姿态。卢浮宫地表著名的建筑，贝聿铭先生设计的玻璃钢筋金字塔，也曾被巴黎人挑剔过：这不奇怪，当初埃菲尔铁塔始建时，小仲马为首的法国名流一起反对，觉得大伤巴黎形象呢。

他们不缺高科技，不排斥 Wi-Fi、平板电脑和智能手机，但巴黎人对一股脑儿地推进到 21 世纪，没那么积极。巴黎本身在创造无数最新潮的绘画风格、时装造型、街头艺术，但他们不打算抛弃旧的一切。大概巴黎人知道自己可能错过时代的锋芒和奇观，但大部分留在巴黎的人，不介意活在稍微慢一拍的时代里。破旧的老地铁、摇摆的老楼梯，但也意味着那些百多年的新古典主义雕塑、夏加尔为歌剧院画的穹顶，以及卢浮宫那日日夜夜向数百岁、数千岁迈进的画。在巴黎坐一程地铁，从拉德芳斯到歌剧院大道，会有种瞬间穿越百年，从 21 世纪回到 18 世纪之感。

如，摄影师云集的玛黑区，其实最早是个沼泽区。12 世纪时，这地方归圣殿骑士团和修道院；17 世纪时，有贵族在这里建造豪宅；18 世纪中叶，此地逐渐被放弃：有钱人都去了凡尔赛或者圣日耳曼，谁还留在这里？大革命之后，玛黑区成了工匠和工人们的住所。巴尔扎克描述 19 世纪上半叶的玛黑区，"这地方属于雇员、公务员、食利者，以及有一点进取心的中产阶级"。由于这地方街景传统又狭窄，连奥斯曼男爵的巴黎大开发都没触动这里。

然后呢？

1969 年，当时的法国文化部长大才子安德烈·马尔罗觉得，这个区如此传统，很好，保护起来！——于是这片 18 世纪贵族不要了的、19 世纪雇员们盘踞的区域，成了如今的复古时尚之地。

听来很神奇，但这就是旧巴黎。

如，玛黑区东边，便是传奇的巴士底。这里最初是保卫圣安托万街的一处工事，慢慢增筑，到路易十一时成了监狱，便是名动天下的巴士底狱。到黎塞留时代，这里成了国家监狱。1789 年7 月 14 日法国大革命启动，人民攻下了巴士底狱。一年后，这里成了个舞蹈场；之后在此建立起了"自由广场"。到 1794 年，这里又建起了断头台。1830 年七月革命之后，路易·菲利普在此建起了七月柱。至今您到巴士底广场，这里早没了肃杀的监狱，只有凌乱的交通、窄街、冰淇淋店，以及巴士底歌剧院。

因为巴黎正经的歌剧院已经主要上演芭蕾舞剧了，巴士底歌剧院如今承载最多的歌剧演出。日本名漫画《交响情人梦》里，男女主角初到巴黎，便来到了这里，顺便在街边吃了顿法

玛黑区的平淡一天

餐——虽然现实生活中的 21 世纪，巴士底广场什么都有：麦当劳、日式拉面，以及相当正宗的四川串串。

巴士底广场附近的街巷，有许多零零碎碎的学院。冬日午间，常见学生们端杯咖啡聊天，顺便聚众抽烟——其中很多是女生。法国女生抽烟的多，这还真不算刻板印象：早先有过统计，美国 12% 的女人抽烟，印度不到 0.9%，巴西 7%——法国 20%。一种说法是，法国女性喜欢抽烟，与最初的平权运动相关：她们总相信"男人可以做的事，女人也可以做，抽烟就是其中之一"。所以无论在电影还是生活中，带着一派倔强表情，冷漠潇洒抽烟的法国女性形象，算是她们对性别歧视的反抗。

从巴士底再往前走一段，就能找到孚日广场：就巴黎而言，这地方实在不大，但据说是巴黎最古老的广场。当时亨利四世建来，让路易十三和奥地利的安娜、西班牙的腓力四世与路易十三的妹子伊丽莎白，举行集体婚礼用。曾经叫作皇家广场，但如今这名字被抹了。还是大革命后，孚日省区交税最多，政

白天的巴士底柱

府无以为报，大手一挥：革命已经把皇家革没了，以后没有皇家广场了——就叫孚日广场吧！

孚日广场东南角，至今有雨果之家。他住在这里时，孚日广场应该已经改名了。一生走在时代前端的他，每天看着窗外这个广场，一定感慨良多。

巴黎就是这样：只要你愿意，整个城市可以是座老旧的博物馆。纪录片里的衣香鬓影和浪漫时尚确实存在，但在巴黎更可贵的是，你有机会穿梭在许多世纪的时光里。对有些人而言，时光遥远，便生疏离感；但对另一些人，恰会醉心于遥远时光：距离产生美。

1940 年出生、2022 年获得诺贝尔文学奖的安妮·埃尔诺说，她那一代人小时候，总觉得"家里有冰箱，有浴室，有洗手间，周末常去巴黎（她家离小巴黎大概一百多公里）"，算是上等人家。孩子们周末到了巴黎，抱怨父母，"我们怎么不到

雨果之家

处走走"时，父母会惊讶地反问："你要去哪里？你在这里不好吗？"

到 20 世纪 70 年代，由于交通发展，从郊区去巴黎变得如此司空见惯，埃尔诺说，她在孩提时代魂牵梦萦的历史遗迹，如今写在了公路指示牌上，告诉你抬腿就能到，从此失去了神秘感，不无遗憾。

远近生熟都会让人不安心。人类偶尔也矫情。

大诗人里尔克到巴黎后，觉得这是个"对别人而言可以生的城市，对我而言是个可以死的城市"。这话的感情微妙而复杂，我至今也不敢说自己理解了。但索尔·贝娄又说，他对巴黎的喜爱，来自马塞尔·普鲁斯特与里尔克的描述——大概，大师们也看其他大师的描述，来追想巴黎。

四季

　　巴黎几乎没什么夏天，冬天却长达半年。通常到十月份，便会着紧冷上一两天，住户们在啤酒屋和咖啡馆里，玩着老板娘养的猫，看着赛马和足球录像，给咖啡里撒砂糖，喃喃抱怨：家里的暖气还不来。

　　许多年前，巴黎还没有普及暖气时，海明威住在勒穆瓦纳主教街 74 号，会因为隔壁街有好的劈柴卖而喜笑颜开。

　　到十一月，冬天正经来了。巴黎六月，天可以蓝到晚上九点，但到了冬天，过了五点，天色便像被铅笔淡淡抹过，走进一个啤酒屋，要一杯咖啡加朗姆酒，出门前喝一口，暖和些过来；一出门，路灯亮起，天肆无忌惮黑将下来。

巴黎的白人姑娘本来就爱穿灰黑色，冬天到了，她们也不过加围巾、手套和帽子；真正减色的，是非洲阿姨们。冬天到来前，她们照惯例穿得五彩缤纷，身上仿佛颜料之河涓涓流淌，粗辫子彩环佩，上下地铁让左右人等黯然失色；冬天到了，她们也只得披上粗厚大衣，遮盖一身五光十色，巍峨如山地坐在公车上，看窗外的鸽子。

阳光减弱，塞纳河的水色从春夏的蓝慢慢转成幽绿，顺着西风粼粼波动。河边屏风般的树叶，在半个月间从灰绿变黄，到灯起时金得透明。鸽子们开始爱在桥边扎群了，人来也不炸开飞走，俨然"反正你们穿得厚跑不快也捉不住我们了"，或者干脆冻傻了。

周末钓鱼的人们衣服增厚，戴了帽子，袖了手，全副武装成一个大棉球，从袖筒里伸出鱼竿去。本来爱坐着的老几位，开始站着钓鱼了，时不时抖抖腿，晃荡晃荡：为了暖身子。到黄昏日落之后，云常显得硬邦邦，隐隐发青，像是冻住了的萝卜，让人觉得天再黑一些，它们就会掉进河里去。

香榭丽舍或圣日耳曼大道那样的大路上，临街的咖啡馆和啤酒馆人满为患，并不因天色稍冷而减少。但坐着的诸位，不再如夏天似的舒展腿脚、倚着靠背、神情慵懒了，大多是留着围巾、鼻尖通红，能抽烟的都点上了烟，目光在灯光之下灼灼闪烁，一等侍者端上咖啡来，便忙不迭地喝一口。卖意大利手工冰淇淋的店铺，午休时节，店员隔着落地窗望着人行道上阳光里的鸽子，犹豫不定地打着呵欠。从超市里走出来的大妈们手里的袋子，明显比平时庞大得多了。

邻近圣路易斯岛的那几处桥上，瘦削的老先生们扶着珠光宝气、妆容和貂裘一样光滑的太太们，小心翼翼地过着马路。圣奥古斯丁路上的日本拉面馆，等位队伍排到了隔壁去，蒸汽氤氲，坐着的客人偶尔探头看师傅们端面汤出来，一边低头玩

圣日尔曼大道的冬天

手机。地铁旁烧烤摊的阿拉伯脸贩子们，把手搁在烤架边上取暖，偶尔转动着烤架上散发甜浓香味的玉米和栗子。

天黑得早，甜品铺子和面包房的灯光便更有诱惑力。歌剧院往卢浮宫去那一路，暖黄色的灯光装满了水族馆似的橱窗，马卡龙的绿红和巧克力面包的油亮黄褐，都被灯光勾勒得夺目。啤酒馆和咖啡吧在这个季节，比正经餐厅更有人情味：虽然挤得转不过身，到柜台要个三明治都得说十几遍"对不起"，移七八个桌子，但每次你踏进门去，在温暖嘈杂的氛围里脱掉外套，坐下搓搓手，就觉得可以一劳永逸地暖和很久。

这个季节，啤酒馆里的客人也不再愿意叫牡蛎和白葡萄酒了，看着隔壁桌线条分明的橄榄油煎鱼就馋，刚下单，又闻见了油封鸭的香味，于是只好恶狠狠地多啃几口面包。

巴黎的冬天着实难过，20世纪20年代海明威住在巴黎时，每到冬天就要跑去奥地利之类的地方过冬。如今的巴黎人入冬就想找个借口去南方海岸，甚至跨海直飞摩洛哥。有地窖和酒窖的人家，会把一整套过冬装备搬出来，或者带着滑雪装备，直奔阿尔卑斯山区。留在巴黎的人们，抱怨着咖啡馆的暖炉越来越不暖和了，一边拼命喝热饮。当然也有喜欢的：索尔·贝娄说他喜欢巴黎的冬天，喜欢这座抑郁、抱怨、细雨蒙蒙的城市，喜欢魏尔伦所谓"巴黎的雨下在我们的心上"——他久居芝加哥这个风城，大概觉得冬天有风雨才够味？

就是在这样的氛围里，你习惯了黑暗和寒冷，简直不相信天还有会明亮起来的一天。但哪一天，天色真的湛蓝起来，有阳光，云也蓬松白软，午间的太阳落在身上真的有温度时，你会想坐在靠窗的位置，晒着太阳，喝杯热巧克力。如果在午间，走到杜伊勒里花园，看见摩天轮在蓝色天空背景下挂着，你会有种置身假日的氛围——尽管你也许还在忙碌，但冬日的阳光，好像给所有不快乐的细节，都松了绑。

巴黎的夏天来得晚。五月底，巴黎还容你穿薄风衣。下过阵雨，晚上出门，温度还会跌进个位数。

　　夏天的征兆，始见于水果店。水果店门口的时鲜铺面如季节的调色盘，冬则单调朴素，入夏便鲜辣火烈。樱桃来得早，浓红得泛黑；李子随之，金黄灼目。你有时穿着衬衣，躲开阳光，走进楼宇阴影里，微微一抖，"真冷"；看一眼樱桃，"噢，还真是夏天这季节……买些回去吧！"嚼着，酸甜适口，嗯，夏天是来了。

　　白昼渐长。早晨天空由黑泛蓝，还是五点钟光景，黄昏却被无限推迟：到八点了，日头还悬在楼顶——虽然巴黎那些新古典主义老楼，普遍低矮一些，太阳也未免落得太慢；到九点，阳光隐去，天空灰蓝；到十点过后，天空变成深蓝色。夏天，在公园长椅上坐着，或者沿塞纳河走，会发现七点多了，草地聊天者或临河钓鱼者还不散。

　　欧洲许多老建筑都没空调，究其原因，一半是装起来琐碎，

初夏西岱岛河岸

一半是没必要：夏天太短了。在巴黎、佛罗伦萨和罗马，租房时房东经常会补一句，"没空调"。除非房间在阁楼上——夏天阁楼日头大，会存满阳光，午间滚烫——否则大家也都觉得还能忍。

真热急了，开电风扇。巴黎十三区许多老东南亚人，到了夏天就念叨故乡。于他们而言，东南亚就是没有季节之分的天气，是茂密的丛林树影（张爱玲说仿佛玻璃杯中绿茶般的样子），是不那么清澈的河水，是百叶窗、香料、茶、远道邮寄而来的通俗小说，以及吧嗒吧嗒响动的电风扇。当然，近些年，夏天也热起来，于是也很流行地中海国家常用的可移动空调。

夏季对巴黎最大的加持，还是阳光。因为巴黎是座旧城，太旧了。卢浮宫等能追溯到 17 世纪，小巴黎大多数房屋都在 19 世纪 70 年代建立。阳光不足的灰暗天色下，这座城老迈抑郁，让人想起老黑白电影里那些颓唐的故事；但到了夏季，阳光明丽，那些妆化得粗疏华丽、一望就知道来自美国或南欧、大胆露胳膊露腿的游客姑娘们，让这个城市像个在阳光下巡游的露天展览馆。典型的好天气，阳光明亮璀璨，但不烈不凶。午后天空还是蓝得很干净，不会被阳光把天色兑得太淡，云团蓬抱雪白，很好看。塞纳河水平时泛绿或灰蓝色，在夏天会粼粼闪动蓝光，河道宽阔处，蓝色很纯粹。因为不烈，所以除非极怕晒，否则也不必特意躲到咖啡馆屋檐下去。

虽然不算很晒，但夏季的阳光还是容易让人疏懒。街上骑自行车锻炼的，会半打着瞌睡，趴在前车杆上慢悠悠地晃荡；被阳光直射的一楼办公室，办公桌旁的人会打开窗，对着阳光伸懒腰，然后考虑怎么睡个午觉；阳光太好了之后，大家都愿意在咖啡馆坐下来，要份冰饮，这时候少点一份含咖啡因的，多点些含糖量高的，似乎也不那么罪恶了。

八月的巴黎极为古怪：本地人跑出门度假了，游客如潮而来。于是旅游景点人山人海，居民区却静谧得很。阳光下，猫横摆着尾巴缓慢经过，就地侧躺，打个呵欠，睡下，发出噗噜噜的声音。

巴黎有些博物馆，比如卢浮宫中庭，比如奥赛钟楼，有没有阳光是两种效果：秋冬多阴雨，室内也晦暗；夏季则明亮得多。夏季的卢浮宫中庭，阳光披拂于大理石古希腊雕像的肩膀和头发上，真有希腊之感。

　　人的情绪，大体热胀冷缩。冬天感情淡漠，记忆模糊，大家见了面都像是点头之交。到了夏天，大家一起感情饱满、记忆明晰，见了面都欢天喜地、炽热甜浓，乐意说话。如果光和水一样有浮力，巴黎夏季的阳光就很适合游泳。阳光明亮饱满，想来浮力很大，游着不必怕累；哪怕累了，也能在大朵云或云一般连绵结实的绿树梢头休息。意大利南方的阳光就差了一点：太灼人了，在其中游荡，大概会淹死人。

左岸旧书摊

　　巴黎左岸是个文化密码，说出来就会引发一串联想：圣日耳曼德佩区文质彬彬的咖啡馆（花神、利普和双叟），蒙帕纳斯的艺术家，圣日耳曼俱乐部的爵士乐手，拉丁区和索邦大学的老师与学生……

　　当然也可以直白地说：左岸属于文化人，尤其是穷文化人。

　　20 世纪 20 年代，住在巴黎左岸的海明威说，去右岸意味着见朋友、看赛马、做一些"负担不起且会陷进麻烦的趣事"，甚至琢磨出个邪招：如何不让自己去右岸？答：不理发。如此就能把自己限制在左岸，逼自己写作了。大概右岸很有趣，但太贵了；左岸则与之相反：满是埋头努力的穷创作者。

1957 年一个春雨的日子，加西亚·马尔克斯，按照其本人描述，初次见到海明威——那时，马尔克斯未及而立，是个记者，只出版过《枯枝败叶》；海明威年将 58 岁，三年前刚得了诺贝尔文学奖。又二十四年后，也就是马尔克斯得诺贝尔文学奖的前一年——1981 年，他在《纽约时报》写了这个段子：

在圣米歇尔大道上，马尔克斯隔街对海明威喊了一声"大师！"，海明威回以"再见，朋友！"。

马尔克斯说，海明威当时，混在"索邦大学和旧书摊当中"。

半个多世纪过去了，两位大师隔街递话的春天已成传说。如果您现在去圣米歇尔大道到卢森堡公园那里，至少能看到这些：许多索邦大学的旧校舍。您试着穿过摇摇欲坠的木楼梯，能听见音乐教室里的钢琴声。

还会看到左岸的旧书摊。

广义的左岸很长，整条塞纳河的左岸，都可以算"左岸"。但如果要讨论海明威的、马尔克斯的、萨特的、杜拉斯的、荡漾着咖啡香的左岸，大概，从波伏娃桥往奥斯特里茨车站走，一直到植物园那一片，左岸味会淡一些；再往前沿岸走，过了叙利桥，看得见巴黎圣母院背后的飞扶垛了，河岸边出现绿色旧书摊：有左岸味儿了。

穷文化人的左岸和旧书摊，相辅相成。

左岸旧书摊实则是一大片分格的绿色铁皮箱，沿河岸一路绵延。夏日天气好时，树影斑斓。摊主们——许多戴着老花镜——环伺一旁，等着游客挑选，间或跟几个老主顾感慨生意难做、世道人心，说几句旁人未必懂的切口。

大概 16 世纪吧，巴黎就有小贩在新桥叫卖旧书了，当时也曾一波三折：比如路易十三时，流动书摊取消过又恢复过，路易十四朝也如此反复。

一直到 19 世纪，拿破仑忙碌于军政之余，觉得还是该让巴黎人民读书，于是批准在塞纳河沿岸设置永久性书摊，使书摊得以普及：穷学生和穷作家们都来了。整个左岸遂成为巴黎巨大的户外图书馆：十二个码头，几十万本书堆这儿。到 19 世纪 60 年代，巴黎市府对旧书摊实施特许经营权，只有一个条件：

不许卖新书，只许卖旧书刊和旧玩意儿。

到 20 世纪 30 年代，旧书摊开始采用规格统一的绿色铁皮箱：长不得超过 2 米，宽 0.75 米，靠河边、靠岸边，书箱打开的高度，各有规制。摊主们早上到河岸，拿钥匙开锁，书箱一开，书籍亮出来，开工；到收摊时，箱子一合，上锁，回家了。第二天开锁，开卖了。

书打哪儿来的呢？

不知道。

经营旧书摊的书商，爱好相对老派。许多是退休老人，其中卧虎藏龙。教授、作家、歌手、画家、普通工薪阶层，也有些纯是小众爱好者。他们淘各种奇奇怪怪的东西，除了书，也有老画报、老硬币、老邮票、老明信片。他们也知道互联网时代完全可以上网卖书，但他们就喜欢这样子。

我问过一位老爷子，他念叨说，就是喜欢收集不同的装订本。他说，中世纪隐修院里，诸教士闲着无聊，就开发各类华丽字体抄《圣经》；诸位伟大的插画家、版画家，忙着给《圣经》画插图。这俩传统，一直下垂到近代出版业。19 世纪的英国与法国，有读书人讲究书封装帧要用小牛皮、黑檀木；好的手抄本，偶尔还能赶上大师的铜版画……他比画着手里的书：英国某爵爷订的一整套羊皮封面德·昆西集子，夏加尔晚年在法国住着时签过名的版画集……那才真是懂书啊……说着说着，他还要感叹世风日下、人心不古：如今的书做得如何不精致，如何不耐摸，如何不耐读，如何读来都没意味。只有在旧书摊

旧书摊

旧书摊上的书

能找着昔日光辉……

我就是在他那里，买到了一本 20 世纪上半叶出版的《了不起的盖茨比》。

海明威在他著名的《流动的盛宴》里，写过 20 世纪 20 年代的巴黎旧书摊。说河岸边的书摊里，有时能廉价买到新出版的美国书。书多来源于左岸旁边的酒店。比如银塔餐厅顶上有些房间那时还出租，租客在银塔吃饭时还能打折。那些房客忘带走的书，仆人都拿去不远的河岸书摊卖，花不了几个法郎就能从老板娘那里买到手。海明威跟一个旧书摊老板娘成了朋友，遂有以下对话。

老板娘不懂英文，就问海明威：

"这些书好吗？"

海明威回答："偶尔赶上本好书。"

问："你怎么分辨呢？"

答："我读了就知道啦！"

问："但仍然有风险啊，再说多少人能读英语呢？"

答："您把英语书都存着，给我过一遍。"

老板娘说："不，不能存。你又不常来，你老长时间不露面。我得尽快卖书。谁都不晓得这些英语书是不是值钱。赶上它们一文不值，我存下来了，卖都卖不掉。"

于是海明威好奇了："你怎么分辨一本法语书有没有价值呢？"

老板娘很在商言商地说："先看有没有插图，然后是插图质量，再就是装订。如果这是本好书，书主人一定会要求精心装订。英语书倒都装订过，但装订很糟，看不出好坏。"

一百年前的卖书人，脑子也真灵光。

当然，旧书摊不只卖旧书，也卖旧海报与旧报纸。披头士全盛期的海报、载有戴高乐逝世新闻的报纸、玛丽莲·梦露的照片、猫王的唱片封面……时代的流行，传奇的影迹；抬起头，塞纳河水流动不绝，巴黎圣母院依然在。有些在变，有些不会变。

　　我自己在旧书摊，曾看到过两张 1983 年的大尺度海报：是法国女神伊莎贝拉·阿佳妮，以及法国影帝德帕迪约。

　　我问价，摊主说了个挺吓人的数字，还说：必须俩都买。

　　我：能不能只买一个?

　　摊主：不行，我知道你只想买阿佳妮，你以为我单卖德帕迪约的，卖得出去吗?

　　真是，既有情怀，也很会做生意啊。

阿佳妮与德帕迪约的海报

圣母院

一个冷笑话：塞纳河上现存最古老的桥，偏偏叫作新桥（Pont Neuf）。这桥由亨利三世在 1577 年计划建造，到 1607 年才完工。

怎么那么久?

巴黎的核心，是塞纳河上的西岱岛与圣路易斯岛。有岛则当有桥。1550 年，法王亨利二世因为一座旧桥负荷过大，试图在塞纳河上造一座新桥。一算费用太高，搁置了。1577 年亨利三世决定造桥，1578 年动工，其间工程变故、遇战争延误，直到 1607 年，这座亨利二世琢磨、亨利三世动工的新桥，才由亨利四世揭幕。说是新桥，也算是三世老桥了。

新桥当然有其新处：虽然还是按罗马样式，由短拱桥造成，却是巴黎首座全石造桥，而且桥上没有像当时其他桥似的建屋垒。据说是亨利四世下的决定：他住在卢浮宫，不希望自己看塞纳河的景色时受到阻碍。至今新桥上还有亨利四世的骑马雕像——最初版本的雕像，是他的王后，佛罗伦萨的玛丽·德·美第奇命大师詹波洛尼亚造的，但在大革命时被毁，后来又重造了起来。

桥始终在，造桥人与他的雕塑却情随事迁。大概这就是历史。

新桥周边连岸带桥，到了春天，是看河景的好地点。树木葱茏，高低差又够，参差掩映，氛围极佳。我有个朋友说，他跟个女孩春天趁晴日去看河景，树影之下暖洋洋的，精神涣散，不知怎么就被人家亲到嘴上了——"都是亨利三世的错！"

新桥与塞纳河

　　圣路易岛上，民居与窄街有古风。在窄街中间行走，抬头望天空，如行山谷中。我有朋友住在岛上，时不常抱怨房子岁数大了，颇多不便之处。我亲身经历的一个故事：众人一起去那朋友家聚会，朋友养猫，来客中偏有一位怕猫，朋友便将猫暂锁进卧室；猫在卧室中叫了一刻钟，大家眼睁睁看着门锁开始蠕动，咔嗒一声锁开了，怕猫的朋友吓坏了，"这猫要扑出来对付我！"几乎要瑟缩到桌下。朋友安慰，说这老房子的锁就这样，猫扒拉两下，就会松了，绝非因为猫通灵成精……

大概这就是圣路易岛给我的记忆：

木梁吱吱呀呀的楼梯，被猫扒拉开的门锁。

西岱岛上，有著名的巴黎圣母院。

我小时候读《巴黎圣母院》这小说之前，已经久闻大名，听说是美女爱斯梅拉达和钟楼怪人卡西莫多的爱情故事。真读了，才发现不是这么回事。因为是世界名著，这里说说，大概不用怕剧透了：性格活泼的吉普赛美女爱斯梅拉达，爱上的是英俊但浮夸的纨绔公子弗比斯骑卫队长。后来性格扭曲阴暗的副主教克洛德·弗罗洛，爱上了爱斯梅拉达。副主教之前收养了卡西莫多。他曾被冤枉劫持爱斯梅拉达，受刑时没水喝，爱斯梅拉达给了他水喝，从此卡西莫多爱上了爱斯梅拉达。

后来爱斯梅拉达跟弗比斯约会时，副主教暗戳了弗比斯一刀，爱斯梅拉达却被冤枉，要被处以死刑。卡西莫多救了爱斯梅拉达，躲进圣母院。因为据当时的规矩，入圣母院里避难的人，凡间刑罚对她没用。

巴黎的流浪汉因为当爱斯梅拉达是自己人，所以打算攻打圣母院，把爱斯梅拉达救回来。结果他们一闹，当时的国王路易十一特别敏感，以为要反对他，于是派出弗比斯来，把流浪汉阶层搞掉了。爱斯梅拉达也被当作女巫处死了。卡西莫多太难过了，就把副主教推下圣母院摔死了。自己到爱斯梅拉达的尸骨旁边，与她一起化成了尘灰。

这故事是雨果29岁时出版的，据说只写了半年。雨果夫人阿黛尔说过，当时雨果生怕自己分神，让太太把衣服藏起来，自己在家里每天除了写什么都不干，硬生生写出来这么一本巨著。就文学史来说，这个算浪漫主义巅峰。

我们现在说浪漫，总觉得是衣香鬓影、美目流盼、灯红酒绿、佳偶天成、烛光晚餐。然而原初意思，并非如此。之前法国的艺术主流，还是新古典主义，讲究理智和平衡。但雨果那会儿，讲浪漫，罗曼蒂克，法语 Romantique，就是要富有传奇色彩。作为画来讲，要色彩斑斓，要运动，要激情，要澎湃。以文学而言，浪漫主义该是绝美与绝丑、高洁与污秽的极端对比。夸张、剧烈、张扬、传奇。《巴黎圣母院》这小说，即是如此：爱斯梅拉达美丽活泼纯真；弗比斯英俊，但庸俗愚蠢；副主教位高权重，却阴险扭曲；卡西莫多丑陋畸形，可是善良至纯。美丑，爱恨，副主教爱爱斯梅拉达到简直恨不得毁灭她。

巴黎圣母院本身很古老。1163 年开工：那年辛弃疾刚开始为南宋做官。1345 年竣工：那年朱元璋刚开始当和尚。按我那位住圣路易斯岛的朋友的说法：教堂顶有上千根木材，里头一半可以追溯到 1147 年——很古老了。

18 世纪末法国大革命时，圣母院被破坏过一部分，1831 年雨果写了这部小说，写的是 1482 年的巴黎圣母院，那还是古典的哥特式的巴黎圣母院。

　　哥特作为一种建筑风格，外在形象便是高挑轻盈。您可以把巴黎圣母院看作一个正面双楼、又高又空、骨架通透、四周连着翅膀的大空心盒子。哥特式建筑的一个特色就是高挑，巴黎圣母院塔尖有 93 米。但也因为高挑，所以两边要用飞扶垛——或曰飞扶翼——来支撑。如此圣母院才有空隙，制造那些著名的玫瑰花窗。雨果说建筑本身是石头书。巴黎圣母院便是如此：又高，又美，又古老。在小说里，它既是故事发生的场所，本身也是一种象征。

　　正面是很著名的双钟楼立面。整个圣母院从头顶看下去，就是一个大十字形，侧面看，就会发现很高挑尖耸，长了许多小翅膀。

　　圣母院斜对面便是海明威与乔伊斯当年爱去的莎士比亚书店，再过去，就是左岸最适合逛的圣日耳曼大道了，走几步，

巴黎圣母院的大窗

就是花神咖啡馆与双叟咖啡馆了。

恰因为圣母院的轻盈高挑，所以 2019 年 4 月它烧起来时，救火也困难：你不能用高空喷水去砸，一来容易伤到地面的人，二来，六吨水下来，直接把房子给砸毁了。

世上美丽的东西大多脆弱。雨果笔下的巴黎圣母院，与他那个时代的巴黎圣母院，以及我们如今所见的圣母院，也不是一个样了。"大都好物不坚牢，彩云易散琉璃脆。"

当然，在雨果的小说里，卡西莫多住在钟楼里。现在，正面和钟楼似乎还好。

所以，卡西莫多还是有家的。

巴黎圣母院

莎士比亚书店

沿着圣日耳曼大道走，走到但丁路，转弯，视力好的人，便能看见巴黎圣母院的侧影，看见那些被建筑学家反复念叨的、瘦骨嶙峋的飞扶垛。若是午后，还能看见索邦大学的学生，从左手边的老教学楼里鱼贯而出。

走上但丁路，无视右手边鳞次栉比的日本漫画店，眼看离圣母院只隔一条塞纳河、一座双桥时，不要急，左转，走出十来步。指着柴堆街37号，一间逼仄小巧的店，我对身旁的朋友说：

"那就是莎士比亚书店。"

莎士比亚书店

身旁的朋友大叫一声。

莎士比亚书店最初的地址，在杜普伊腾路 8 号，1919 年，由来自美国的西尔维娅·比奇开设。两年后，书店搬到奥戴翁路 12 号——一个美国阿姨，万里迢迢跑到巴黎来开一书店，这是什么精神?

据说激励她开这个书店的，是法国作家阿德里安娜·莫尼耶。她与西尔维娅·比奇，从书店开业之日起，同居了 36 年。这书店可以当是两位阿姨感情的见证。

在 1919 年至 1940 年间，莎士比亚书店是美国人在巴黎的文化中心。本雅明说巴黎是 19 世纪的首都，五湖四海的英雄豪杰都得来，但没个落脚处。西尔维娅阿姨把书店开着，海明威、埃兹拉·庞德、菲茨杰拉德、斯泰因、曼·雷等大师们少年时，就出入于此:

借阅、买书、写作，甚至住宿。大家都不是外人。说是书店，其实好比是个咖啡馆＋作家临时宿舍。詹姆斯·乔伊斯更把这地方当成他的办公室。1922年，他著名的《尤利西斯》出版，西尔维娅·比奇帮了大忙。这是迄今为止，20世纪出版业最传奇的故事之一。

后来二战打响，德国入侵，1941年12月莎士比亚书店宣布关闭。一种传说是，某个德国军官向西尔维娅·比奇索要乔伊斯最后一本《芬尼根守灵夜》未遂，于是怒了："你这书店还开不开了？"西尔维娅阿姨是个执拗的人，死死不肯。书店就此被关闭了。海明威在大洋彼岸听说了，跌足捶胸。

到1951年，美国人乔治·惠特曼在柴堆街37号，靠近索邦大学，与圣母院隔着塞纳河相望的所在，开了一家书店。惠特曼先生完全依照莎士比亚书店的旧模样打造这个书店，1958年，西尔维娅·比奇与惠特曼先生吃饭时，郑重允诺：

"我将我书店的名字让渡给你。"

1962年，75岁的西尔维娅·比奇逝世，惠特曼先生给他的书店起名为"莎士比亚及陪伴"（Shakespeare and Company）书店。四十年前迎接过海明威们的书店，在 20 世纪 60 年代迎来了亨利·米勒、金斯堡等美国大师。当年"迷惘的一代"在这个书店成长，后来"垮掉的一代"也在这里找温暖。书店里有 13 张床铺，供应穷困的美国作者们居住，非正式的统计数据说：大概有超过四万人次曾借宿在书店中。

2011 年，乔治·惠特曼先生以 98 岁高龄逝世——行善兴学之人，必有后福——他的女儿前来接管了这个书店。据说惠特曼先生是如此敬重西尔维娅·比奇女士，于是他的女儿，名字叫作西尔维娅·比奇·惠特曼。

那天天气好，我陪一位朋友，去了一次莎士比亚书店。因是周六，门口游客多，有人排队。负责看门的姑娘说的是英语，并表示自己不太会法语——这真的还是个美国味道的书店。书店里一大片讲英语的游客，纷纷问柜台小哥：

"您这里有《流动的盛宴》卖么？"

"有，就在中间。"

书店挺窄，正中靠左廊一排按例搁经典书。《艾玛》《包法利夫人》《堂吉诃德》《老人与海》之类，中间夹着两本《流动的盛宴》。其中一个版本，封面是海明威当年在莎士比亚书店门口拍的照片。书店真是经营有道。同去的老师买下了，去柜台，柜台小哥问要不要刻章？当然要啦。

最初的莎士比亚书店是什么样子呢？海明威在《流动的盛宴》里如是说：

"在那条寒风凛冽的街道上，这可是个温暖舒适的去处。

"冬天生起一只大火炉，屋里摆着桌子、书架……

"西尔维娅的脸线条分明，表情十分活泼，褐色的两眼像小动物的眼珠似的骨碌碌打转，像小姑娘一样充满笑意……

"她对人和蔼可亲，性情十分开朗，爱关心别人的事……

"她说我可以等有钱时再交押金……说我想借几本书都随意。"

"钱你方便时再给，什么时候都行。"当年，西尔维娅对当时穷愁潦倒、家里连个浴室都没有的海明威如是说。

"乔伊斯大概黄昏时来。"

就跟唠家常一样。

那个时代，乔伊斯的视力刚开始变差，庞德还在为诗集出版努力，海明威还没出版自己第一本小说。西尔维娅·比奇和莎士比亚书店就是这些作者的后盾，是冬日温暖的去处，是美国文化在巴黎的心。莎士比亚书店与那个时代共同造就了一批伟大人物，最后，因为出现在这些人的集体传奇回忆中，终于令自己也成了传奇。当初海明威回到家里，对他妻子说"我们可以读到全世界的书了"，他的妻子哈德莉，当时还不知道几年后海明威会变心，正温存着与海明威那贫穷、简单又温暖的爱情生活，用这么一句话，总结了那个伍迪·艾伦用一整部《午夜巴黎》来致敬的，那些伟大人物正年轻、贫穷却野心勃勃得很纯正的黄金时代：

"能找到这个书店，我们真走运！"

法兰西学院

从巴黎圣母院出发，过桥上到左岸，经过莎士比亚书店，走上小桥街，走不远便是克吕尼修道院。再往前走一段，就到法兰西学院了。

法兰西学院的前身建立于 1634 年，创办人是法国当时著名的红衣主教黎塞留。这位先生堪称法国曹操，法国世上最卓越、最有谋却也最冷酷无情的政治家。他对外分裂德意志，保证了法国在欧洲的强大地位，对内搞学术，为路易十三和路易十四朝铺好了路，私下里也是位自诩风流的人物。

创立法兰西学院这一年，红衣主教去鲁昂访问，迎接他的，是当地选送的 28 岁年轻诗人。黎塞留一读献诗，大为赞叹，觉得这诗人作品极佳，于是把他安排进"五作家社"——这是黎塞留自己领导的一个剧社：他提构思，作家们负责写剧。

平步青云，这年轻剧作家自然该高兴吧？

然而第一份合约到期后，这位诗人剧作家就拂袖离开巴黎，回了鲁昂。他觉得黎塞留要求苛刻，管头管脚，真烦。

黎塞留当然不爽了。

1636 年，这位诗人剧作家自己的作品《熙德》在巴黎上演，轰动全城，大获成功。是了，这位作者就是传奇剧作家高乃伊了。

然而黎塞留麾下的法兰西学院立刻动手：学院指出，《熙德》没有遵从三一律；且戏剧主要功能该是道德教育，《熙德》却既讲了西班牙题材——那会儿法国正和西班牙交战——又进行了决斗，在当时的法国，黎塞留可是禁止私斗的！这作品太不合时宜了！抨击它！

于是高乃伊又返回鲁昂，过了三年，才又回到巴黎，开始写符合三一律的戏剧作品了。

1642年黎塞留逝世，高乃伊写了首诗，大意是：

无论人们对红衣主教说好说坏，我都不会说话。

他对我做了许多好事，我不能怨他；也做了许多不好的事，我不能赞他。

的确，他被黎塞留发掘，又被黎塞留打压。影响甚至及于黎塞留逝世之后。本来黎塞留逝世后，公众认为高乃伊该入选法兰西学院，但那年顶替他入选的，是律师维勒拉德。高乃伊自己得到 1647 年，黎塞留逝世后五年，才入选法兰西学院。

到 1660 年，即《熙德》上演二十四年后，高乃伊出版了《剧诗三论》，为他的戏剧风格辩护。之前黎塞留活着时，他为何不自我辩护，而是默默离开巴黎回鲁昂呢？

我们自然都明白了。

所以大概，许多雄才大略的统治者，并非完全不懂得何为好文章，但他们太雄才大略了，特别喜欢管头管脚；诗歌啦戏剧啦，一切艺术都要为他们的大略服务。

也难怪波旁和高乃伊这些大文豪，都没法子了：

毕竟，不高兴了就停津贴、组织法兰西学院来攻击一下，还是小事；对黎塞留那等人物而言，您看：他都死掉了，法兰西学院都还不敢贸然选他曾经不喜欢的人呢！

先贤祠到蒙帕纳斯

先贤祠地势很高，在大体平整的左岸，已算一览众山小。如果从南边的卢森堡公园、东南边的植物园或北边的拉丁区出发，都会经历一段攀爬。这段攀爬，想想也符合先贤祠的定位：毕竟要去那里的人，多少心里都在想着朝圣。

先贤祠最初是为了一个女人建立的。曾经守护巴黎的传奇圣女圣热内维埃夫于公元 502 年逝世后，被葬在了使徒教堂。1744 年，路易十五生了一场病，病愈之后，自信是受了圣热内维埃夫的庇佑，决定为圣女另起一座雄伟的神殿。于是建起了一座仿照罗马万神殿风格的大堂：长 110 米，宽 84 米，高 83 米——还有个大小相仿的地下室。大堂竣工时，不只路易十五已经逝世，他后一任路易十六也岌岌可危：那正是法国大革命的时候。于是这座路易十五建的大祠，就被用来纪念法国人民心中的伟人了，是为先贤祠：1791 年，伏尔泰被葬进去了。之后便是其他我们熟悉的名字：拉格朗日、雨果、卢梭、居里夫人、大仲马。

先贤祠正面有大字：AUX GRANDS HOMMES LA PATRIE RECONNAISSANTE，祖国感谢伟人。大仲马在《基督山伯爵》里开过这句话的玩笑，说印度调制药物的能手阿布戈尔，理应获得赞誉，"世界感谢幸福的商人"。

2012 年 9 月，先贤祠有过一个卢梭的遗物展。陈列了卢梭的一系列手稿和藏书。卢梭先生做读书笔记煞是华丽，密密麻麻，字数堪比书页本身，而且有叹号、有涂改，浩浩汤汤。看他在书页侧栏铺张扬厉、措辞凶猛的笔记，笔尖几欲戳穿书

先贤祠

页、化龙而去。下到墓穴，伏尔泰先生的雕塑笑容可掬、镇门而立。

大仲马墓的牌子，写了著名的 Un pour tous, tous pour un——我为人人，人人为我，《三剑客》里的招牌句子。雨果和大仲马住一个套间，雨果居左，大仲马居中，右边是左拉。雨果和大仲马都是 1802 年生人，跟左拉有代沟，左老师平时多半挺寂寞。

出了先贤祠，就能走上斜斜的穆浮塔街——巴黎最老的街道之一，据说可以追溯到 3 世纪，其名字在拉丁语里的意思是，"难忍的气味"。据说因为紧窄，这地方历史上味道不太好闻，大家避之唯恐不及，没人专门拾掇，以至于 1938 年拆除这里的一栋律师故居时，找到了三千多枚路易十五时代的金币。

这条街的 10 号，曾是萨德侯爵的单身宿舍，1763 年他在这里被捕；维克多·雨果在传奇的《悲惨世界》里，描述主角冉·阿让在穆浮塔周围的迷宫间穿梭。如今这里依然狭窄倾斜，但古韵盎然：肉店、鱼店、奶酪店、面包房、葡萄酒店、咖啡馆、小型电影院。比起动辄人山人海的名胜，这里更像是个小众爱好者的秘密据点。

这条街邻近的图尔内福特街，曾出现在巴尔扎克传奇的小说《高老头》里。巴尔扎克描述这条街坡度陡峭，马匹难以上下，故此格外清净；穹窿阴沉严肃，黯淡无光；街面干燥无水，墙根生草；谁到了这里，就会无端不快活——偏偏这条街住过大诗人保罗·策兰，住过大作家梅里美。1928 年，乔治·奥威尔就在这里写了他著名的《巴黎伦敦落魄记》。某年夏天，我和几位朋友坐在这条街上某个小馆子门口吃喝。因为有坡度，桌面上也放得不整齐。总有种吃着喝着，随时要滑坡之感。

先贤祠一路下坡，便是美丽的卢森堡公园。再往南走，就是蒙帕纳斯了。

法国带蒙字的地名，通常是山——法语的山是 Montagne，

卢森堡公园

所以如勃朗峰也叫作"蒙布朗"（Mont Blanc），蒙帕纳斯的法语意思，其实便是希腊的帕尔纳索斯山：传说中缪斯们的居处。历史上也确实如此。大诗人阿波利奈尔认为，20 世纪 20 年代的蒙帕纳斯，继承了此前的蒙马特：乃是艺术家们，尤其是还没发财的艺术家们，暂且栖息之所。

20世纪20年代，蒙帕纳斯租金低廉，遍地咖啡馆，适合穷艺术家居住、社交和互助。每一个新来的艺术家，都像融进一个学生宿舍似的，感受到集体的爱。日本大画家藤田嗣治1913年到了巴黎，初涉蒙帕纳斯时两眼一抹黑。他先结识了立陶宛来的画家平丘斯·克雷梅涅，当天晚上，就认识了邻近的意大利大画家莫迪利亚尼、保加利亚来的画家帕辛和法国本地人莱热，没过几周，他就认识了当时已成大师的毕加索和马蒂斯。

　　这就是当时的蒙帕纳斯：你随时可能认识所有人。

　　这么一片奇妙的旋涡地带，当然会卷来各色传奇：对艺术界大有影响力的人，比如格特鲁德·斯泰因与佩姬·古根海姆来了；乐意跟画家打交道的作家们来了，比如詹姆斯·乔伊斯、还没怎么成名的海明威和福克纳。

　　大画家夏加尔如此解释他到蒙帕纳斯的缘故："我渴望目睹我所听到的一切：眼睛，颜色的旋转，自发地、巧妙地融合在一起，形成设计的线条流。这在我的城市是看不到的。那时艺术的阳光只照耀在巴黎。"蒙帕纳斯吸引的甚至不只是艺术家：列宁和托洛茨基流亡时，都曾来过这里。

当然咯，动人的不只是艺术家们。

菲茨杰拉德和他太太泽尔达旅居巴黎时，喜欢到蒙帕纳斯夜游。蒙帕纳斯的咖啡馆对艺术家格外友好：他们能用低到不可思议的价格，占一晚上的桌子；服务员会被叮嘱，别去打扰在座位上睡着的穷艺术家。酒后打架与争执颇为常见，但大多数老板会息事宁人，不会找警察。洛东达咖啡馆的老板维克托·利比昂甚至经常这么做。

"老板，我没钱付账了。可以用这张草稿抵账么？"

"行！"

20世纪20年代，蒙帕纳斯的图卢兹饭店别具一格：菜单会用紫色墨水书写。饭店老板拉维涅先生白天会四处逛街，看看那些在各大咖啡馆写东西的作家们，但不去打扰，"他们写得正忙"。他只贴心地，以低价卖葡萄酒给这些穷才子，所以海明威回忆 20 世纪 20 年代的蒙帕纳斯物价很低，大家总能活下去，"如果时不时略过顿午饭，不买新衣服，你还能省出点钱来奢侈一把呢"。

海明威讲过一个故事：他在穹顶咖啡馆遇到过酒醉的画家帕辛，帕辛当时在同时调戏两个美人，还企图拉上海明威，"严肃认真的青年作家和友好明智的老画家，还有一对风华正茂的漂亮姑娘"。海明威说，帕辛当时看上去不像个可爱的画家，倒像是 19 世纪末的百老汇演员。"人们说，每个人心底都有点种子决定他们要做什么，但对我而言，那些游戏人间之人内心的种子上，有着更得天独厚的土壤。"

但帕辛游戏人间的痛苦生涯，有了个惨烈结局。他爱上了自己的模特露西·克罗格，但帕辛自己有妻子赫敏，而克罗格也是有夫之妇。他酗酒，分裂，终于在 1930 年 6 月 2 日——他的展览开幕当天——自缢而死：他用自己的血在工作室墙上写下"再见露西"，之后葬在了蒙帕纳斯公墓。很多年后，海明威回忆，当帕辛自缢身亡，"我还是喜欢回忆起他这一晚在穹顶咖啡馆的模样"。

而这绝非蒙帕纳斯唯一的惨烈爱情。

意大利画家莫迪利亚尼 1906 年到巴黎，先在蒙马特住了三年，他的温文尔雅有口皆碑；三年后他住到了蒙帕纳斯，忽然开始贪杯醉酒，暴躁起来。清醒的时候，他经常在蒙帕纳斯各个馆子靠素描换吃的；喝醉了就在吧台边找人哭。

然后他在这里遇到了爱情：他爱上了让娜·埃布坦纳。为了爱情，他也想戒酒，但为时已晚，身体不太对劲了。他拼命想卖出点画，好带让娜回意大利老家。1919 年底他已得了结核性脑膜炎，1920 年 1 月他咳嗽咯血，1 月 24 日莫迪利亚尼逝世。葬礼次日，让娜，还怀着她和莫迪利亚尼的第二个孩子，从五楼公寓一跃而下。

是的，这就是蒙帕纳斯。这里充满了艺术家与他们的缪斯，以及类似的哀愁故事。

而且好景不长，20 世纪 30 年代，蒙帕纳斯那一代艺术家们渐次离去；20 世纪 60 年代，蒙帕纳斯成了商业区。这里如今有了大西洋花园，有了电车线，有了蒙帕纳斯火车站，成了完美的办公区与交通区。现在您如果坐地铁，还是得时不常在蒙帕纳斯换乘。只是，那里不再是 20 世纪 20 年代的蒙帕纳斯了。索尔·贝娄如此喜欢 1948 年的巴黎，不禁对比现代都市比如他自己居住的芝加哥，于是说 20 世纪后半蒙帕纳斯的改变，简直像芝加哥的一部分走迷路了，于是不在巴黎定居。

弗雷德里克·福塞斯的名作《豺狼的日子》，描述一个杀手试图在 1963 年夏日，刺杀在蒙帕纳斯执行典礼的法国总统戴高乐。米兰·昆德拉写著名的《生命不可承受之轻》时，据说入住在蒙帕纳斯顶楼的公寓里。但在各色描述蒙帕纳斯的传奇中，这些细节一般被忽略。毕竟，20 世纪 20 年代的蒙帕纳斯过于传奇，过去了，也就是过去了。

如今蒙帕纳斯周边的老街巷子里，依然有店铺在利用小巧的广场与拐角，让人可以站着或坐着喝一杯茴香酒。住在那一带的诸位，似乎特别爱在黄昏来临、窄街幽暗时，讲述灵异故事。比如，有位马来西亚老先生放下超市买菜购物袋、在街边跟我喝一杯时，曾绘声绘色地跟我描述，住在五楼的他，如何家里养了一只平时乖乖的猫。那一天猫忽然从窗台跳下来，居然没事，屁颠屁颠在路上跑，他说这一定是莫迪利亚尼的转世神猫啊！

走路与跑步

朋友来到巴黎时，我一般会推荐走三条线路。

一条是：先在金字塔（pyramides）地铁站汇合，走歌剧院街。

巴黎著名的加尼叶歌剧院，穹顶是夏加尔所画的巨作——虽然如今大家要看歌剧的话，通常是去巴士底歌剧院。歌剧院身后，就是购物爱好者们耳熟能详的拉法耶百货了——就是所谓的"老佛爷"；走不几步，便是巴黎春天百货，以及普希金咖啡馆：极好的千层酥。

反方向沿歌剧院大道走几步，便是莫里哀先生上演《伪君子》的法兰西喜剧院，再往前走便是卢浮宫。如果乐意逛，很容易一个星期就这么消磨进去了。倘若不进去，可以出卢浮宫，径直穿过杜伊勒里花园：夏天会有摩天轮，靠河看得见橘园博物馆——莫奈晚年那著名的双厅睡莲壁画，就在里面。

望见橘园博物馆时，也看得见左手边的塞纳河，以及对面的奥赛博物馆了。印象派爱好者当然不肯错过。

倘若不进奥赛，便可以沿着塞纳河一直走：经过协和广场，一直走到亚历山大三世桥。亚历山大大桥左岸是荣军院，拿破仑就葬在那里；右岸，便是大皇宫与小皇宫。

倘若对这两个宫也没兴趣，就可以上香榭丽舍大道了。此时远远看得见凯旋门，看着近，却得走极长的一段。如果不乐意，右转便是爱丽舍宫，对面还开着苏富比拍卖行呢。再转过几个角，就是旺多姆广场——爱历史的，会喜欢旺多姆中间那

亚历山大三世桥边的画家

个铜柱子，顶上是拿破仑的雕像；爱购物的，会喜欢旺多姆广场那圈奢侈品店。1849 年 10 月 17 日，肖邦逝世于旺多姆广场12 号。穿过旺多姆广场再走一会儿，就回到了歌剧院。

另一条路线是：从卢浮宫出来径直到河边，左转走，一路走到艺术桥——《纵横四海》里的钟楚红、《穿普拉达的女王》里的安妮·海瑟薇，都跑过这座桥——过河，然后一路走到圣日耳曼大道。这时候，您右手边就是双叟咖啡馆，再过去一点，花神咖啡馆。

这时候左转，可以一路晃荡到奥戴翁路，看到丹东像、狄德罗像和各色商铺。再一直走下去，过河，可以一直走到巴士底广场，巴士底歌剧院就在旁边了。再一直往前，可以走到共和广场。不乐意呢，此时左转，就可以往玛黑区前进了。当然，如果您在过了艺术桥后，没有上圣日耳曼大道，而是一路沿河走，就看得见巴黎圣母院，以及莎士比亚书店了。

这两条路线，并不适合那些爱购物的朋友——那些位大概会去圣奥诺雷街、蒙田大道，或者在乐蓬马歇买完东西后喝杯下午茶。但在初夏的巴黎，比起坐车堵车，这么走大概更适合肯走的人们：有一双可靠的鞋子，就能一路晃荡巴黎最精华的部分了。

欧洲的经典老城，往往都偏小：因为建城时没到汽车时代，城市的大小以脚步来度量。一个城市，也就是二三十万人，拥挤在一个半小时能走穿的地界里。像今天，您去佛罗伦萨旧城，到广场教堂美术馆，固然目不暇接，但走进旧城巷子，就觉得暗无天日：真是窄如峡谷，巷子里只容一辆出租车缓缓地开。

巴黎已算是欧洲大城市里，老城区偏大的了——这还得亏奥斯曼的改造。然而比起那些建筑在高速公路上的现代大城市，巴黎还是不算大。好处是，巴黎的大多数地方，可以靠脚走到。

也可以靠跑。

从左岸密特朗图书馆出发，沿着塞纳河，一路跑啊跑，过奥斯特里茨站，到植物园，差不多一公里；再继续往前，跑到圣母院，差不多三公里；再往前，跑过奥赛博物馆，一直跑，可以跑到埃菲尔铁塔。这是一条直线，很长，但跑来很舒畅。

夏天天气晴朗时，天蓝水绿，河里有游船、烤肉吧与坐躺椅的巴黎人，在河岸边排得满满匝匝，踏着老卵石路，坑坑洼洼，下脚溜滑，鸽子与河鸥们一边聚众吃面包屑，一边叽叽呱呱嘲笑你。再过去，能看墙上的涂鸦，但道路并不平顺。沿着河，从一座桥走到另一座桥。游船上隔桌对坐喝咖啡的情侣，有时会抬头看看你。沿着河溜达久了，会觉得波光粼粼，把身体都照蓝。

沿着塞纳河跑步时，常有其他跑者擦身而过。有身形健美、步履轻盈、一看就知道老于此道的跑者，看着让人心情愉快；也有呼哧喘气、体态庞大、挪起来很辛苦的胖子。父亲带着两个孩子跑的也有；亲密无间的陪跑伴侣也不少。偶尔一起停在桥墩或栏杆旁，休息、喘息、压腿的，彼此看看，不多说话。跑步的人心里大概都有这种无言的默契。当然，偶尔听到"加油"（Bon courage）、"周末好"（Bon week-end）之类时，心情还是挺愉快的。

跑惯了之后，身体像一辆自动行驶的汽车。在开始时需要注意一下跑姿、控制一下呼吸，进入节奏后，就可以放任自流地去了。注意力就可以转到所听的音乐、鸽子、树、河水、河边的情侣、船、桥、涂鸦，和随着冬天来到、暗得越来越早的巴黎天空。大概每次跑步，就是这种"无人驾驶，自动航行"的美妙体验，让人欲罢不能，每到黄昏就诱惑着人自动去找跑鞋。

跑步的人，各有最擅长的跑姿。虽然跑姿大体上有些共同原则，比如腰背尽量正直、摆臂幅度不宜太大，但各人还是因为身材与配速的不同，形态各异。有人跑来昂首阔步、意气风

涂鸦墙

跑步时看到的等候

发，有人脚步细碎、呼吸匀整，有人挥臂牵腿，有人低头默默跑得与世无争，也有人喘气塌腰，一望而知是刚开始跑。

所以跑步时看到跑姿优美的人，难免会想多看两眼。这种感情，类似于在公路上看见豪华跑车，在火车站候车室的公用钢琴那里听见有人随意弹奏《哥德堡变奏曲》，或是在超市排队时，看到俊美无匹到可以上杂志封面的谁，正在看着糖果发呆。

每个人自有喜欢的跑步路线。沿着塞纳河跑自然是好，但河边的石径有时高低不平；植物园中转圈跑绿意盎然，但地面有时不跟脚；春秋之际的万森很适合，只是通向那里的路线起起伏伏；巴士底广场附近的勒内·杜蒙绿色长廊——由高空铁道改建的长廊——几乎完美无缺，但恰因为过于完美，溜达的人过多，跑步时经常得在散步的人群中穿绕；杜伊勒里花园也有类似的问题；至于住在歌剧院大道附近的朋友，说起来都叹气："我跑一路，一半时间在等红灯！"

——当然咯，大家都是这么彼此安慰的，"没有完美的跑步路线——自己喜欢就得了——如果靠河就很好了，别奢求太多！"

2016 年的春天，许多次我走过波伏娃桥时，身边会跑过个身材健美、步履轻盈、穿着迪士尼 T 恤的老先生。老人的步伐往往偏重，他却跑出了一番优雅的伸缩感，稳健、端正、从容、昂首阔步、呼吸悠长。看他跑步，如同看滑翔伞掠过晴朗天空，仿佛天鹅滑过秋季湖水。

对比起来，正大口喘气、小腿鼓胀、足弓微微作痛的我，不免自惭形秽，于是只得对他跷跷大拇指，他也对我回以微笑。我目送他健步如飞，以显然不慢于 6 分钟的配速跑上坡，只好摇摇头，自己调匀下呼吸，继续我 6 分半配速的挪动。

那年夏天，我采访过几个退役的足球明星。有的球星私下里会喝点酒，有的球星则洁身自好到在镜头看不见的地方也只喝水。有位踢球到 40 岁才退役的球星——法国的罗贝尔·皮雷——如今依然身材健美，乐滋滋地跟我聊起了地中海饮食，

夏日的波伏娃桥

聊橄榄油、蔬菜、希腊酸奶和鱼类对他的体力多有帮助。我赞美他对饮食健康保持得好，他说了几个如雷贯耳的名字，"以前他们跟我当队友时教给我的——他们比我健康多了"。

2018 年 3 月底，我去波尔多，参观波尔多足球俱乐部。因为我认出了墙上挂的某些照片——包括 20 世纪 80 年代的明星吉雷瑟——俱乐部当家那位先生就引我为知己，跟我窃窃私语说秘密：

"你知道吗？ 1998 年世界杯夺冠的那支法国队，也有人抽烟的。"

看我瞪大眼睛，他报了几个名字，"没法子，在法国本土踢世界杯嘛，雅凯教练平时又很严，压力太大啦！所以他们觉得压力大时，就集体进洗手间，关上门来一根"。

他提到的其中一个名字，就是两年前我听皮雷提到的，"他们比我健康多了"的某位球员。

我不太敢相信，于是多问了句：

"×× 球员也吸烟？"

"啊是的，看着不太像哈？"

"我觉得他比赛状态保持得特别好，而且皮雷告诉过我，××球员一向很健康。"

"每个人总难免有那么一面的嘛！体育这行太残忍了，总得有点什么法子疏散一下。"

2018 年 4 月，我变了条跑步路线，先跑到植物园，再沿着塞纳河往回跑。某日在这条路线上，恰好遇上了那位跑姿优美的老先生：那会儿，我正在跑自己第一个一公里，神完气足；他却手扶着腰喘息，慢悠悠地走。我跑过时跟他问好，他也认出了我，对我笑笑招手。于是我首次意识到：

他也有需要停下来走走的时候——只是，先前，我没看到罢了。

那天之后，再次遇到他，我感觉轻快多了，觉得，似乎没必要憋着一股"他在跑，我也要跑，不能停下来走"的气性了。

之后的某天，我进了公寓楼从上而下的电梯，看到一位女士正蹙着眉，恶狠狠地戴一枚似乎不太听话的耳环。

我一时有点尴尬，她也愣住了。

我按了楼层，道声早安，笑笑，靠着电梯。那位也放松下来，还解释似的跟我说："今天有点赶时间。"我说理解理解。她戴上了耳环，又对我笑笑。

到了底楼，她立刻从刚才的手忙脚乱对付不了耳环中摇身一变，成了一位端正潇洒的女士，高跟鞋点着地板，潇洒地朝楼门口过去了。

公寓楼与酒店的电梯，就这点和单位电梯不一样。我印象里，去任何朋友单位见他们，电梯里大家都是一副精英做派。公寓楼和酒店就随意些：毕竟电梯里或是邻居，或是这辈子未必能再见面的过客，那就无所谓一些了。

我还在香街附近的一处楼道里，看到过一位老先生，一身西装，梳着油光光的漂亮背头，发梢卷得很美，仿佛随时打算参加夕阳恋婚礼的老先生。那天有些热，他大概刚从外头参加完什么活动回来，就松开领带，把勒住的皮带松了两个扣，衬衫上面纽扣也解开了，大口大口呼哧呼哧喘气。我又不能假装没看见，他似乎也无所谓，还对我笑笑。楼层到了，他一边嗖地脱下西装，一边大步朝自家门廊走去。我总想象他一推开门，就要踢飞皮鞋、脱掉衣服裤子，在床上摊开手脚大出一口气——想想还挺可爱的呢。

大概世上并没有谁能持续不停地较劲，只是，每个人跑或走的节奏并不相同。所以不妨放轻松些：每个人都在以自己的方式，度过自己的人生吧？

2016 年的夏天，我问皮雷的最后一个问题：

"像您这样踢到 40 岁才退役的球星，是不是也偶尔会有'今天不想训练啦，就放松一下吧'这种心思呢？"

皮雷睁大眼睛，笑了笑："每天早上都会有啊！"

一段跟赛努奇博物馆有关的爱情故事

周杰伦有首歌，《最伟大的作品》，里头描述了马格利特和他的苹果，描述了达利和他著名的翘胡子、汤匙与融化时钟，然后就提到了常玉的水墨。

以及：

"我用琴键穿梭，1920 错过的不朽。"

他唱到的这几位，和 20 世纪 20 年代有什么关系？

1927 年到 1930 年间，马格利特因为在布鲁塞尔遭遇了大量谩骂，于是去巴黎搞他的超现实主义作品。

1926 年，年少气盛的达利刚被学校开除，去巴黎见毕加索，开始受到毕加索和米罗的影响，开始他的超现实之路。

1921 年，26 岁的常玉与徐悲鸿等人在法国组建"天狗会"，1925 年作品入选沙龙。

20 世纪 20 年代，巴黎的艺术家们，各自努力。

巴黎能看到的常玉作品，最好的在赛努奇博物馆。这里时常办一些极优秀的中国主题展览，比如 2022 年到 2023 年，有过一个展览 *L'encre en movement*，"行云流墨"，展示中国 20 世纪笔墨，展品基本是 20 世纪 50 年代后的馆藏，相当一部分来自郭有守前辈和驻法使馆捐赠。那个展览的大概逻辑是：

20 世纪初如吴昌硕、傅抱石、齐白石、张大千、黄宾虹等诸位先贤，墨法变化，各有师古求新之处；到 20 世纪 40 年代，庞薰琹描苗家风情、张大千自敦煌画中学道，各又一变；旅欧画家，如潘玉良（巩俐在《画魂》里扮演过她），如常玉，各以笔墨画欧洲式样人像，甚至林风眠试验以水墨法画宗教题材，试图以中国技法出入现代西式画法。20世纪中叶之后，则王盛烈等诸位前辈，以写实法描述当代生活群像，又是一变。20世纪50年代开始，赵无极与朱德群等前辈又证明，水墨技法完全可以玩抽象画。

当然对我这个行外人而言，只剩下看得瞠目结舌，顺便跟同去的朋友念叨：前辈们都是不泥成法，方得自由啊。

莲藕老师说：可不是嘛！

莲藕老师曾教过我法语，故事发生时她年将四旬。她是浙江人，与一个马来西亚人有过一段婚姻。孩子与记忆一起归了前夫后，一度在杭州教法语，到巴黎则教中文，两边往来；到得后来，渐次变成故乡少而巴黎多。

据说她在老家的父母未雨绸缪，担心她孤独终老；她在老家的同学慷慨大方，每天给她塞各类微信号相亲，鼓励她不要就此自暴自弃。

莲藕老师在老家住着，三不五时便有茶局饭局，朋友总会随身带一两位"他不嫌你，你就不要嫌他"的先生来。这类局是有先兆的，比如，"下午四点你到某某茶馆来"，顿一顿，"穿得素净一点乖一点，他们就喜欢这样子"。

她说她有点怕了。她说她并不抵触找伴侣，但跟周围爱劝她的同龄人似的，到得三十来岁，就扮出半老徐娘的富贵态，提早穿四十来岁人该穿的贵气服饰，每天朋友圈里发些新吃了什么店面、新买了什么首饰，多少也有些奇怪。相比而言，在一个远远的、没人盯着问长问短的地方住，她觉得安心些。

题外话，以我粗糙的观察，巴黎街上，女孩子妆容也分派别。粗疏华丽大写意的，精致细腻仿佛戴了一张柔润面具的，小心翼翼仿佛照着时装杂志化了似的，都有。了不起的化妆，我觉得，是一副"我不在乎自己皮肤差，我知道自己该怎么处置"的恰当姿态，明明收拾得周到细致，却一副漫不经心。我去问朋友，朋友说巴黎的女孩子，一来化妆早，技术意识其来有自；二来不在白净上做功夫，雀斑也由它去，省许多工夫；三是巴黎遍地开的药店 Parapharmacie，里面除了常用药，便是各类护肤品，一如 Tabac 香烟店其实代卖各类杂货似的，各类碎妆渗透到街角；四，也是巴黎最好的一点：打扮成什么样，没人会大惊小怪地端详。巴黎女人许多爱穿黑——香奈儿说了嘛，黑色永远不会错——但颜色华丽的也很多。老太太盘着银发、穿着黑衣，领口嗖一下亮出大红或紫罗兰，很常见；穿白衬衣戴墨镜和夸张的大珍珠项链、叼着眼镜走路带风的五十岁阿姨所在皆有；北非大妈的衣裳和头巾五彩缤纷，镯子戴满前臂，在街上摇摆着晃荡，也没人会稀罕看。

照莲藕老师的说法：在这么个城市，各人打扮自顾自，不会有人把你当怪物看，她觉得自在。她可以穿自己爱穿的衣裳，化自己爱化的妆容，不化也没太所谓。除了教教课、逛逛街，她也跑上了步。倒不太为了瘦——她本身很瘦——是为了气色好，身材挺拔。镜子里的自己神采焕发，化妆时都底气十足：

"又不太丑，只是再润色一下罢了。"

为了好容貌好气色，开始锻炼身体，无意识地控制饮食——跑步多了之后，会下意识地对油炸的东西抵触——早睡早起，睡前和起来后都有"今天气色也不错"的小自恋情绪。逛街时觉得自己很美，走路带风。教课之余就四处溜达。巴黎有几处猫咖啡馆，她便去抱猫玩。然后就在巴士底广场附近的猫咖啡馆，找到了个男朋友。

她的男朋友小她十岁，是有柬埔寨血统的法国第三代，所以对东方文化有兴趣，自己有工作室，做独立动画设计师。这二位，说是在咖啡馆里认识的，莲藕老师喝咖啡吃小饼干，男生就过来攀谈。当然，依照男朋友自己的说法，是觉得她弹店里的钢琴时，猫依偎在她膝盖上，看去甚为和谐美丽。

她和她男朋友一起来看赛努奇博物馆的海上画派展览时，我们见到了他们这对，见到了她那位小她十岁、身高一米八六、皮肤黝黑、五官俊秀的男友。出来见面时，这位总带着一脸善良温和的人特有的"生怕碰坏什么，所以只好什么都不说"的腼腆微笑。他并不懂中文，但对海上画派还看得津津有味，对任伯年兄弟几位的谱系尤其在意。朋友中有人跟莲藕老师念叨："你呢，个子小年纪长，经的事多；他呢，个子大年纪小，经的事少，正是彼此抚慰照顾的年纪，实在是太好了。如果论星座呢，这个就更说来话长了，你的星盘啊这是……"

　　到此为止，本来是个喜剧结尾了。然而，莲藕老师到底有一件事放不下：浙江的七大姑八大姨听说她有了伴儿，纷纷追问她爸妈；她爸妈问起来，问得莲藕老师有点愧疚，仿佛背着家里人过幸福日子，便亏欠了故乡亲友。于是决定了：带着男朋友飞回去见见亲友。她哄他说，去看海上画派的画中风景，男朋友自然大为欢欣。他们到了老家又飞回巴黎，各自春风满面。男朋友大赞浙江风土饮食，莲藕老师则说，这次回去后嫌疾尽消，可以心平气和地订婚过小日子了。

我们大喜，问道："家里支持吗？"

答说：也谈不上支持。

"那是怎么？"

莲藕老师说，她喜气洋洋带男朋友回到家里，见了爸爸妈妈及七大姑八大姨。大家见了，客气过，吃了饭。私下里，父母拉她到外头，说了几句话。就这几句话后，她原先抱有的不安、嫌疾、疑虑、恍惚，都打消了，觉得自己一下子就自在了。

什么话这么灵？

据说父母原话是这样的：

"你看看你，打扮得这个样子，还穿大红大黑的衣服，也是快四十岁的人了，一点都不端庄。你这个男朋友么，本来指望找一个金发碧眼的外国人……现在倒好！居然找了一个，脸黑不溜秋的……乡乌宁！"

您多半知道，在长三角这一带，"乡乌宁"是"乡下人"的意思。

最浪漫的表白

圣日耳曼大道和卢森堡公园之间，有一条奥戴翁路；奥戴翁路附近，有一尊丹东的雕像，周围犄角旮旯塞满电影院，时不常有老电影上映。比如 2017 年，我就在此看到过王家卫《东邪西毒》的重映版。

奥戴翁路的尽头，是此处的精华：国家奥戴翁剧院。

1770 年的事了：当时国王的兄弟孔代亲王住在此地，想要看剧，大概又懒得专门过塞纳河去法兰西喜剧院，所以要个剧院，

"成为我家的新乐趣"，让法兰西喜剧院的演员们跑奥戴翁来给他演。据说当时他放话："如果演员反对，就取消他们的养老金！"

1782 年，玛丽·安托瓦内特王后来为奥戴翁剧院揭幕，两年后，这里上演了著名的《费加罗的婚礼》。又过了五年，大革命发生，剧院从此被改叫国家剧院；拿破仑时代，这里又被叫作"皇后与陛下剧院"；拿破仑倒台后——"第二法兰西剧院"。与孚日广场类似，改名即是历史。

1827 年，英国来的剧团演出在此大受欢迎，让 24 岁的埃克托尔·柏辽兹，法国史上最卓越的音乐家之一，感叹道：

"我被莎士比亚征服了，我认识到了真正的伟大，真正的美丽，真正的戏剧真相……我看到……我理解……我感觉……我活着！"

如果您觉得柏辽兹这段描述已经够浪漫了，没完呢，他之后将在奥戴翁剧场上演更浪漫的一幕。

如今说浪漫，大概：玫瑰花、巧克力、香水、烛光晚餐，类似的仪式感。

有很多人说，巴黎很浪漫。

那在巴黎，浪漫，以及浪漫主义，在法国文学史上，表现为维克多·雨果的《欧那尼》，或者对小说读者而言，也许更熟悉一点的是《巴黎圣母院》。至美的爱斯梅拉达在街头晃荡，至丑的卡西莫多却有最纯真的心，最俊美的弗比斯却是个草包，最卑贱的乞丐帮却最讲义气，最道貌岸然的副主教却是个人渣。美丑善恶，最极端的对比。

在绘画上呢？什么是浪漫？先是有位画家泰奥多尔·席里柯——他爱画战争场面，爱画死去的猫，画狰狞的豹子与跃动的马。他 33 岁那年逝世后，有学者认为他的慢性结核病影响了他的画风——他曾画过一幅《梅杜萨之筏》，描述了一场海难，这幅画采用金字塔构型，明暗对比强烈，捕捉绝望的人们情绪爆发求救的戏剧性时刻。历史画名家库佩里认为这玩意儿一点都不美:"席里柯画点恐怖的东西哗众取宠!"席里柯的学生欧仁·德拉克洛瓦却爱这一幅画,甚至还画了色彩斑斓、景象惨烈的《萨达那帕拉之死》——一位君王灭国之际,令手下杀死宠妃与骏马,毁灭一切,自己默默观看——来致敬席里柯。德拉克洛瓦无视新古典主义艺术所谓"正确的素描""要模仿古代雕像""最纯粹的美丽"这类教条,不求线条清晰、人物端正、构图匀整,他要画热烈的红,阴暗的黑。对角线构图,喜怒哀乐、大起大落,戏剧张力最惊人的时刻,这就是他认定的浪漫。后来他传世的《自由引导人民》,也是如此。

雨果觉得,浪漫主义该是绝对的真实,是绝美与绝丑、高洁与污秽的极端对比。德拉克洛瓦觉得,浪漫主义是色彩对比鲜明锐利、强烈的动感和戏剧性,令人情绪充沛。

那,来一个浪漫的爱情故事吧。

1814 年,14 岁的亨利埃塔·康斯坦斯·斯密森在都柏林的乌鸦街剧场首次登台。三年后,她在伦敦演出。她那担当剧场经理的父亲相信女儿的美貌,然而美貌并不一定兑现为成功。

《萨达那帕拉之死》

直到 27 岁这个不尴不尬的年纪，她在英国都不算成功，于是决定去巴黎碰碰运气。那会儿，大家都说巴黎人浮华：任何一个意大利人或英国人去那里演歌剧，都能成功。

她去了巴黎，1827 年，在奥戴翁剧场，她扮演朱丽叶，随后是《哈姆雷特》中的奥菲利亚。

散场后，她收到了一封情书，两封情书，三封情书，然后是许多封，来自同一个小她三岁的青年。她吓坏了，觉得自己可能遇上了精神病。

五年之后，她32岁，再次来到巴黎。有人给她寄来一箱子门票，请她去听一场音乐会。她按捺不住好奇心，去了。这是场《幻想交响曲》的专门演出。她走进舞台的包厢，发现全场都在抬头看她，耳语谈论她。她诧异惶惑，发现节目单上写着她的名字。她注意到指挥席旁坐着作曲家——小她三岁的法国人埃克托尔·柏辽兹。

是的，当时让柏辽兹感叹"我被莎士比亚征服了，我认识到了真正的伟大，真正的美丽，真正的戏剧真相……我看到……我理解……我感觉……我活着！"的那段莎士比亚的演出，就来自亨利埃塔。

五年前，小亨利埃塔三岁的柏辽兹，还是个籍籍无名的作曲家。他拒绝按父亲的吩咐学医，转而学习音乐、唱歌、奏乐，写音乐评论挣点闲钱。他在奥戴翁剧场见到斯密森，一见钟情，于是每天捧场，拼命写情书，还私自举办了一场"为斯密森小姐而办的音乐会"，因为她没到场而倍感落寞——完全忽视了亨利埃塔并不知道此事，也并不认识他。

1830 年，即柏辽兹初见亨利埃塔三年后，他得到罗马大奖，在音乐上有所成就——他的创作灵感，正是德拉克洛瓦的《萨达那帕拉之死》。

也就是那年，他写了《幻想交响曲》。柏辽兹如此说道：

"一个年轻音乐家，具有病态的敏感和炽热的想象，在一阵失恋的绝望心情下抽鸦片自杀。药力太弱未能致命，他陷入昏睡与幻景中，他的感觉、情感与记忆在他生病的脑子里变成了音乐形象和思想。他的情人对他而言，成了一段时时萦绕在他身边的主题。"

这就是他的意图：他为她动情；他为她自尽，未遂，写出了《幻想交响曲》。他请她来听音乐会，用一场为她而写的演出来表白。

亨利埃塔感受到了。她被震惊了。

一年后他们结婚了，两年后他们有了孩子。到此为止，这像是个动人的故事……不是么？

可是浪漫主义的柏辽兹，痴情与才华背后，是他对夸张的热爱，对语言的迷恋。他如此喜爱华丽炫示，他的《配器法》一书被公认为是最华丽的音乐著作之一，而他的自传《回忆录》可能是最不靠谱的音乐家自传。他不能接受莫扎特在哀怨的歌剧剧情里配上欢乐的曲谱；他自己情感泛滥到让门德尔松一边承认"柏辽兹是个有教养的可亲君子"，一边哀叹"他乐曲写得很糟"，更进一步，"柏辽兹喜欢用音乐讲故事"。柏辽兹喜欢把一切文学素材纳入音乐中，他是配乐大师，但同时也设想过450个人的管弦乐团和350人的合唱队。

毕竟，他会把单相思故事搞成带自杀情节的交响乐，然后请女主角到场倾听，然后跟女主角结婚呢……

所以柏辽兹与亨利埃塔的爱情结局不算美妙。许多外界传闻说亨利埃塔肯嫁给柏辽兹，是因为33岁的她也确实过了巅峰期，欠着债，希望有个归宿。结婚七年后，他们的感情崩溃，柏辽兹很浪漫地去跟玛丽·雷西奥交好，与亨利埃塔分居。当然，柏辽兹也尽了义务，经济上支持着亨利埃塔，支撑着她晚年的酗酒。1854年，在距他们初次相遇二十七年、结婚二十一年、分居十一年后，亨利埃塔逝世。柏辽兹好好地安葬了她，然后娶了雷西奥——当然，他的第二次婚姻也不算成功。

时至今日，他为她所写的《幻想交响曲》，依然是柏辽兹自己乃至法国音乐史上的杰作之一，虽然许多人都相信，与其说柏辽兹在描述亨利埃塔，不如说他是在描述自己的想象。在最后一个乐章的标题里，柏辽兹用华丽的文笔写道：

"他看到自己在女巫的安息日夜会上，一群为他的葬礼而来的幽灵将他围住，令人毛骨悚然的声音……是她来参加地狱的狂欢……她参加了魔鬼的舞蹈……"他总是想象亨利埃塔给他带来的美丽爱情是个幻觉，是魔鬼的舞蹈。然而瓦格纳却在给李斯特的信里，如此讨论柏辽兹：

"这个不幸的人是多么孤独。世界令人惊奇地把他引入歧途，使他与自己疏远，让他不自觉地自我伤害。"

也许亨利埃塔从来没伤害过柏辽兹，一切都是他的浪漫给自己带来的幻觉。可是谁知道呢？

回到那个著名的浪漫夜晚，即柏辽兹为亨利埃塔安排的惊喜夜晚，斯密森被震惊了，只能反复说"我希望他忘了我"。那就是他们感情最辉煌的瞬间，之前之后的一切悲伤，都仿佛是为那一刻存在的——这故事里浸透的，便是浪漫主义。

一场源自 1827 年奥戴翁剧院的，最浪漫的传奇。

海明威的故居

巴黎植物园后门出来右转，走上一段，右手边是巴黎六大；左转上一条斜坡，就是勒穆瓦纳主教街。

故老相传，1921 年，39 岁的詹姆斯·乔伊斯在勒穆瓦纳主教街 71 号写完了《尤利西斯》。

一年后，22 岁的海明威入住了勒穆瓦纳主教街 74 号。

如今那里还挂着个牌子：欧内斯特·海明威，1899—1961。1922 年 1 月到 1923 年 8 月，他曾与妻子哈德莉住在本建筑的三楼。

De janvier 1922 à août 1923 a vécu, au troisième étage de cet immeuble, avec Hadley, son épouse, l'écrivain américain

Ernest HEMINGWAY
1899 - 1961

Le quartier, qu'il aimait par-dessus tout, fut le véritable lieu de naissance de son œuvre et du style dépouillé qui la caractérise. Cet Américain à Paris entretenait des relations familières avec ses voisins, notamment le patron du bal-musette attenant.

... "Tel était le Paris de notre jeunesse, au temps où nous étions très pauvres et très heureux"

Ernest Hemingway (Paris est une fête)

Association la Mémoire des Lieux

海明威故居牌子

在他著名的《流动的盛宴》里，海明威自己承认过：他在勒穆瓦纳主教街的住处是个两室公寓，没热水，没洗手间，只有一个便桶。但对蹲惯了密歇根户外厕所的海明威而言，也没什么不便。

按他的描述，春季早晨，哈德莉犹在酣睡时，海明威自己会早早开工。窗口大开，雨后的鹅卵石街道渐干。阳光晒干面窗那些屋子的墙面。商店的百叶窗犹未打开。牧羊人吹着风笛沿街行来，看有要买羊奶的客人拿了罐付钱，他便挤了羊奶进罐。他的牧羊犬在旁将其他羊赶上人行道。羊群扭颈四顾，活像观光客。

只是对那时还穷困的海明威而言，周遭风景不错，有张有软垫弹簧的好床，墙上有喜欢的画儿，就算惬意快活。他走到左岸莎士比亚书店借了书回家，就心满意足，跟太太哈德莉大叹走运。"我们回家吃饭，我们吃一顿好的，从窗外那个合作商店买点博纳红酒喝——你看窗外就看得见酒价了。回头我们就读书，然后上床，做爱。"

"而且我们只爱彼此，永不变心。"

"永不变心。"

然而像一切誓言似的，这段话并没兑现。

1925 年 7 月 21 日，海明威在 26 岁生日这一天，开始写他第一部长篇——《太阳照常升起》。八星期后，小说完成。等大他八岁的太太哈德莉去奥地利过冬，海明威则修改校正稿子。1926 年初，一个大海明威四岁的时尚杂志女编辑波琳·法伊芙，成了哈德莉的朋友，加入了他们夫妻的度假生活。

曾在密苏里大学修记者专业，在克利夫兰、纽约和巴黎的 *Vogue* 杂志正经工作过，波琳了解美国出版行当。她建议海明威将小说交给斯克里布纳之子出版公司。海明威遵从了。这是第一次，海明威没有听从妻子哈德莉的意思。很多年后，在《流动的圣宴》里，海明威如是说：

"丈夫工作结束后，发现身边有两个漂亮姑娘，一个是新奇而陌生的；如果他该倒霉，他就会同时爱上这两个人……所有邪恶都是从清白纯真中开始的……你开始说谎，又恨说谎，这就毁了你……"

过了年后，1926 年 3 月，海明威去了趟纽约，跟出版商谈出版事宜。依照多年之后海明威的说法，他应该回到巴黎，立刻坐第一班火车去奥地利，和哈德莉会面，但他爱的那位姑娘正在巴黎，"因此我没有乘第一班火车，也没有乘第二班、第三班"。

1926 年春天，哈德莉知道了海明威与波琳的私情。与此同时，海明威将《太阳照常升起》改出了一个哀伤悠远的结尾。1926 年夏天，哈德莉要求分居；10 月，《太阳照常升起》出版；11 月，哈德莉要求离婚。

终于在 1927 年 1 月，海明威与哈德莉离婚；5 月，他与波琳结婚，并皈依了天主教。又十个月后，他和怀孕的波琳一起离开巴黎，回到美国，就此告别了他著名的巴黎岁月，告别了他后来所说的，巴黎这个"流动的盛宴"。

波琳的产子并不顺利，一度有难产的征兆。海明威据此写出了《永别了，武器》结尾，妻子难产而死、丈夫独自离去的催人泪下的场景——虽然现实中，波琳并没有死去。

波琳资藉豪富，于是海明威在美国过得称心如意。1930 年底，海明威遇车祸右臂受伤，住了七个星期医院，长达一年间举动困难，波琳照顾着他度过了这一切。1933 年，他和波琳去东非玩了十个星期，这段旅途为海明威提供了无数非洲故事的素材。凭借这些经历，他写出了著名的《非洲的青山》《乞力马扎罗的雪》和《弗朗西斯·麦康伯短促的幸福生活》。很奇怪，在这些小说里，都有一个家资富裕，但并不了解主角内心的女主角。尤其在《弗朗西斯·麦康伯短促的幸福生活》里，女主角有意无意地，还枪杀了男主角。

1937 年西班牙内战爆发，海明威支持共和军，波琳支持国民军。海明威身为战地记者去前线，在那里遇到了前一年圣诞节在美国认识的记者玛莎·盖尔霍恩。她与哈德莉一样是圣路易斯人，与波琳一样曾为巴黎的 *Vogue* 工作。而且用旁人的话说，"她从来不像其他女人那么宠着海明威"。这个独立自主的姑娘和海明威又有了私情，一如十年前一样。1939 年，海明威与波琳漫长痛苦的分居有了结果：他去了古巴住着，1940 年，他和波琳离婚。

但海明威和玛莎·盖尔霍恩的感情也不算很美好。二战结束，他依然怀念巴黎，回巴黎住进丽兹酒店——他当年住不起的地方——和侍者们一起回忆菲茨杰拉德。1945 年，他在丽兹住着，接到消息，说玛莎要跟他离婚；海明威掏出一张玛莎的照片，扔进马桶里，朝照片开枪。

1964 年，海明威死后三年，他关于巴黎的随笔集《流动的盛宴》出版，主要记述他的巴黎岁月，他与哈德莉的患难之情。最微妙的是，全书一次也没有提及波琳的名字，只是用"我爱的那个姑娘"指代。

在海明威那次本该坐第一班车去奥地利，但"因此我没有乘第一班火车，也没有乘第二班、第三班"的偷情故事之后，《流动的盛宴》如此写道：

"后来，火车沿木材堆开进车站，我又看见了站在月台上的妻子，这时我想，如果我不爱她而去爱别人，真不如死了的好。"

2009 年，波琳和海明威的孙子推出了《流动的盛宴》新版，补全了许多关于波琳的情节。值得一提的是，初版《流动的盛宴》，是海明威的第四任妻子——对，他和玛莎结婚五年后又离了——校订过的。

我们也无法确认新版的《流动的盛宴》，就是海明威对波琳的真实想法。毕竟，他有太多位夫人，太多段婚姻了，而各位夫人在各种故事里，形象都不太一样。

只有一点是确定无疑的。海明威在写作《永别了，武器》时，写到那位难产待死的妻子时，在想到波琳；他去东非打猎，

海明威的故居

此后不断回忆起东非、写作他的狩猎故事时，波琳总在他身边。波琳成全了海明威笔下最辉煌、最有名的一些故事，这是无法抹去的——尽管在海明威后来的回忆录里，她被描述得有些邪恶，连名字都无法留下。

而哈德莉呢？海明威如是说：

"那个姑娘（指波琳）欺骗她的朋友是件大错事，但没放弃她是我自己的错误与盲目。卷进这场三角恋，还爱上了第三者，我承担所有责任，就独自衔着悔恨过活。

　　"悔恨日夜从未逝去，直到我妻子（指哈德莉）另嫁了一个远比我强的男人，直到我知道她确实快乐了。"

　　以及：

　　"这就是早年巴黎的样子，那时我们非常穷，但非常快乐。"

KEBAB 与 PHO

　　巴黎的每个地铁口，一年四季，都站着几个北非面孔的小伙子，穿着青黑色外套，偶尔摆弄面前一个烧烤架，把烤着的焦黄微黑的玉米、青椒、土豆和肉串们，转一转，调个个儿。入了冬，天黑得早，心情很容易岑寂，就没法抵抗这个：滋儿滋儿的声响，随烟一起腾燃的香味，拧着你的耳朵，抓着你的鼻子，往那儿拽。你心里自然会一百遍地念叨"这玩意儿不太卫生吧，价格也不便宜"，但烤肉香会牵着脚往那里走。

能跟这玩意儿打擂台的，大概也就剩 Kebab 了。

巴黎的街食，最典型的便是越南粉 Pho 与 Kebab 旋转烤肉。这两样都带着不干不净的氛围，但勾魂夺魄。越是原始的欲望，越让人没法伪装。

烧烤这玩意儿古已有之。《荷马史诗》第一部《伊利亚特》里，类似场面出现过若干次：众位国王英雄们作过祷告，便扳起祭畜的头颅，割断它们的喉管，剥了皮，剔了腿肉，用油脂包裹腿骨，包两层，把小块的生肉搁在上面，由老人把肉包放在劈开的木块上焚烤，洒上闪亮的醇酒——这是祭祀用的。

年轻人则握着五指尖叉，把所剩的肉切成小块，用叉子挑起来仔细炙烤后，脱叉备用——这个脱叉备用很有趣：公元前一千年，希腊人已经知道烤肉叉不能直接当餐具使了。

本来，地球人都烧烤：中国人古代"脍炙"，就是把细切的肉烤了吃；日本人烤鳗鱼；意大利人烤章鱼；法国人的

BBQ，最初意思是烤全羊。土耳其占了古希腊的地方，跟他们学了烤肉，也没什么独创。但旋转烤肉，却正经是土耳其人独创，无法反驳。据说19世纪，土耳其的布尔萨有位哈茨·伊斯肯德·爱芬迪先生，在他的家庭日记里写道，他和他祖父觉得羊肉摊平烤已经不过瘾了，应该旋转起来烤，于是这玩意儿就应运而生。因为没有更早的记载了，于是，他老人家就成了旋转烤肉即 Döner Kebap 这东西的发明者。德国人会直接简称 döner，"旋转"，可见德国人也觉得，旋转烤肉里，"旋转"实在是精髓。

巴黎的各类馆子里，Kebab 馆总是最幽暗残旧。想必老板也知道，进店诸位，不是冲着落地窗、私家甜品、现磨咖啡和茴香酒来的，所以也就免去俗套。你去柜台，要一份 Kebab，老板就会问你：鸡肉、羊肉还是牛肉？蛋黄酱还是其他酱？配菜要沙拉还是米饭？——米饭是炒到半生半熟的小米饭，焦黄脆，西班牙人大概会爱吃。

正经一份 Kebab，分量豪迈：盘子可以盛下一个篮球，配菜、薯条和烤肉三分天下。沙拉的气势仿佛国内的东北凉拌菜，生猛爽凉。薯条的质量普遍极佳，比起麦当劳中所售的软塌塌立不起来的薯条，Kebab 的薯条通常焦脆与坚挺兼而有之，立起来像火柴棍，折开时能听见撕纸般的声音，焦脆外壳下，一缕温暖的热气，吃到嘴里，有很纯正的土豆香。

当然，重点还是肉。

每家 Kebab，都会在迎门处、当街人看得见的地方，放一个大烤炉，和一大串缓缓转动的肉。一脸的货真价实，顺便也是视觉刺激：没什么东西比正挨着烤、慢慢泛起深色的肉更惹人怜爱了。你点好了单子，就看见老板手持一柄长尖刀，过去片肉，且烤且片，片满一大盆，就齐活了。法国的 Kebab，烤牛肉和鸡肉居多，一般推荐蘸经典的白酱吃——酸乳加上蒜泥和香草，可以解腻。通常附送阿拉伯面包，犹如国内的馕，扯得像个麻袋，方便你往里头填肉。但我常见有饕餮者，看来是真爱吃肉，面包三两口就着沙拉咽了，然后，不胜怜惜地用叉子挑起肉来——肉被烤过，略干，外脆内韧，很经嚼，因为是片状，不大，容易咽——呼呼地吃，油光光的腮帮子，为了嚼肉，上下动荡，瞪着眼睛，脖子都红粗了，吃下去，咕嘟一口饮料，接着一叉子肉。每到这时我就慨叹：这才是真爱吃肉的人。

Kebab 算街食中的廉价食物，踞案大嚼的，粗豪大汉居多，但偶有例外。某年圣诞节，我们去瑞士滑雪，连着吃了几天的瑞士奶酪锅、沙拉和煎鱼，不免口里索然无味。有位四川来的姑娘，平时最挑嘴不过，甚至尝试在后院种豆苗解馋，这时就提出"要去吃 Kebab!"，我们笑说离了巴黎还特意找 Kebab 吃，简直岂有此理，她便嘟着嘴道："Kebab 才有吃东西的感觉嘛！"

在小镇离火车站不远处，真找到一家 Kebab。端上来，烤肉塞在面包里，张大嘴咔嚓一口下去，大家一边顺嘴抹油，一边点头:"这个肉真踏实!"

窗外黄昏的雪奔走的时候,也的确没有比一口烤得停当的肉更动人的东西。

在巴黎的亚洲人,聚在一起,倘若考虑不出吃什么,就一拍大腿:"去吃 Pho 吧!我知道一家很好的!"于是皆大欢喜。

Pho,读作"佛",就是越南粉。按 Pho 的正字,是米字旁加个颇,但我也听过种说法:Pho 最初源自广东人吃的河粉,广东人惯于以"河"直称河粉了,比如街头镀气看家法宝干炒牛河。Pho 就是广东话"河"。当然这也只是说法之一。

东南亚的粉,套路不一,但殊途同归:大概无非米磨成粉,然后和水和面糊,待其变成浆等工序。比起面的宽厚筋道,粉主要要求软滑细洁。再重油猛火出来的干炒牛河,还是有纤细的米香和柔腻的肌肤。轻薄如肠粉,一屉出来白气氤氲与粉融为一片。我自己吃过的,大概桂林的米粉粗圆些,更追求滑,多是清汤，常有酸豆角、花生（或黄豆）。汤清鲜略酸，极开胃。贵州的米粉尚酸辣，早饭吃一碗大汗淋漓，痛快至极。三亚的抱罗粉则极滑，简直像特意勾芡烩过。也有的阿妈早饭做蒸米粉：用米粉浆混合蛋液卷上岛上现产的鱼干蒸成型，似肠粉非肠粉，上再淋南乳酱。其味也如南方的阳光，明明似是无形物，但温暖明媚、美妙多汁。

类似地，越南粉到了巴黎，也分派别，常要细标明北越做法、顺化做法和西贡式做法。越南粉本起源自越南北部的万促村，算是早饭和下午茶的街食，后渐次发展。1954 年日内瓦会议后，数以百万计的越南北部人往南迁移，于是越南粉在南部猛然腾飞。北部做法河粉粗而且阔，在巴黎显得稀少些；西贡做法，面粉纤细得多，在巴黎甚为流行，汤粉鲜里带出甜味，而且微微辣。

巴黎街头的 Pho 馆，你要一碗西贡粉，多是这么个配置：

一个广口深肚碗端上来，内有汤与粉；另给一个大碟子，中间横着罗勒、刺芹和肥饱的生绿豆芽菜，凭你自选；另有一小碟切开的青柠檬外加艳红夺目的辣椒。也有店会上来一碟子洋葱、一碟子鱼露，请你自己酌加。大碗里铺着细白滑润的粉，汤头按例是牛骨、牛尾和洋葱熬的，有些店家会愿意往汤里加些冰糖送出甜味。粉上另加各类浇头：传统越南粉是吃猪肉、虾与鸡肉居多的，但巴黎的 Pho 里，最多的是牛腩、牛肉和牛筋。最生猛的，是还殷红着的半生牛肉：在不那么滚烫的汤里泡一会儿，红色褪灰，恰好熟足了，吃，有生鲜的韧劲。

因为配料众多，东南亚的香料又香猛犀利，所以一碗越南粉，有着很开放的可能性。吃越南粉，爱清凉的，加薄荷；爱味重的，鱼露整碟下去；喜欢酸味的，柠檬汁挤干了也不过瘾，还能把柠檬抛进汤里；当然，也见过戴眼镜穿条纹衬衫的老华侨，大概不爱吃荤，又或疼爱孩子，把自家的牛肉都夹给孩子吃，把伴碟的豆芽菜往自家碗里倒。当然，越南粉不是过桥米线，汤没法烫熟一切。我有一次贪吃豆芽菜，结果汤里的生豆芽味儿漫溢出来，味道就太生了。

Pho 的命名也很有趣。巴黎的 Pho 有以名字称的：有名的店叫"Pho 大"，更有叫"Pho 大大"的。分布也很奇怪，比如 Pho13 和 Pho14 都在舒瓦希道上，只隔十来步路。Pho14 因为汤头鲜美，名声大得多，但 Pho13 依然宾客盈门，各人真有各人的口味。据说西贡最有名的是 Pho24 和 Pho2000，这数字游戏，着实不懂。法国有位艾利卡·皮特斯先生，他认为，比起越南本地现在日新月异的粉类改革，法国人反而在吃一种"最传统的越南粉"，当然，那是他们学者的事儿了。

我曾和一对夫妻朋友在 Pho13 吃过一顿粉，女的感叹好吃得很，男的说自己故乡广州的粉才最好吃，"下次回国了带你吃去！"——过了几年，两人已离了婚，男的重来巴黎，单独找我吃饭；我问要吃啥，他说图走路方便，还是约在 Pho13 吧。坐下来，要了当年我们三人一起吃的粉。我也不敢提起过去，他也不说，只吃了两口粉，说："还是这里的味道好。"说着，忽然眼圈就红了。

越南到欧洲相隔万里，前殖民地的语言风俗又纵横交错如东南亚的河流，最初典故，不必尽推。只是，在越南，在巴黎，只要你会一句"Pho"，那就饿不死了。只要是东亚人，往一个Pho店里一坐，闻见胡荽、刺芹、汤头、鱼露的味道，就会觉得像到了家，到了黄皮肤、捶打米粉、熬汤来煮的语境里，至于究竟典出哪里，真没人在乎了。倒是法国人吃越南粉辛苦些：东亚人使筷子灵便，左手勺子舀汤，右手筷子夹粉，灵活自如；地道法国人馋一口粉的，经常会直接使勺子，在汤里刨吃，又或者使一根筷子，挑起粉来，然后如获至宝，吸住就稀里呼噜吃起来——所以吃东西的仪态好看与否，未必关乎人，而在饮食本身呢。

冬天的Pho店，尤其经常堵门塞桌地拥挤。大家都盼着有口热汤喝，有碗热粉吃，吃完了也不想走，想来份春卷或奶茶，再消磨消磨。我曾有一次打包了一份热汤粉要走，到窄窄的门前时，看外面正挤进来一个与门同宽的大叔。我俩身后各自有人，退不得也进不得，就此面对面卡在门前。于是，我伸左手搭着他右肩，他会意，伸两手搭着我的肩。我俩如此搭着肩，跳舞般如此转了一圈，我转到了门外，他转到了门里。周围闲着蹲冬的食客们齐齐大叫一声好——这是漫长无聊的冬日，嗦粉人特有的奇怪爱好。

左岸，咖啡馆

巴黎左岸，过了艺术桥，在波拿巴路左转一直走——波拿巴路 14 号就是国立高等美术学院，大卫、安格尔、德加、德拉克洛瓦、莫奈、雷诺阿、马蒂斯、纪梵希、林风眠、潘玉良、徐悲鸿等人都在这里学习过——直到圣日耳曼大道，可以停下了：

左手边是圣日耳曼德佩修道院，笛卡尔就葬在这里。

右手边就是双叟咖啡馆，再过去一点，花神咖啡馆。

这一片，都是所谓左岸的咖啡馆。

对法国人而言，咖啡本是东方玩意儿。1530 年，大马士革先有了咖啡馆；1554 年前后的伊斯坦布尔，奥斯曼帝国的人管咖啡叫"黑色金子"。荷兰人大概在 17 世纪到来前几年才见到咖啡豆。

咖啡刚到西欧时，许多西欧人并不满意。一是味道太怪了，1610 年，有位叫乔治·桑迪斯的先生写道："咖啡颜色如煤烟，味道也和煤烟大同小异。"基督徒们从另一个角度思考，觉得这是阿拉伯世界传来的，异教徒的玩意儿，该禁绝。但教皇克莱门特八世很通透，喝完咖啡，给它行了洗礼，传说他提出了一个好逻辑："上帝创造这么好的饮料，只给异教徒喝，太可惜了！"

最初卖咖啡的人们，并不强调咖啡的美味香浓。传说伦敦第一家咖啡馆，开在圣迈克尔·康希尔坟场——现在谁会把咖啡馆开在坟场呢？老板帕斯奎·罗西先生，对外打的口号是：

咖啡可以治头疼，治感冒不通气，治肠胃气胀，治痛风，治坏血病，防止流产，治眼睛酸痛——不知道的，以为在卖药。

意大利人喝咖啡抢了先，威尼斯 1645 年出现了街头咖啡馆，但巴黎人后来居上。1675 年，巴黎第一家咖啡馆波蔻布开张——至今那地方还保留着早年卖牛头肉的传统。您现在去，看得见门口摆了个拿破仑军帽——据说拿破仑未称帝时，去那里吃牛头肉没带钱，遂用军帽抵押，如今成了镇馆之宝。

法国大革命前夕，巴黎的咖啡馆数量突破两千。据说一是因为法国咖啡馆发明了新技巧，用过滤器和热水来处理咖啡；二是因为当时特别允许妇女进咖啡馆。有男有女有咖啡，能吹牛和抱怨、能哭能笑，蹲咖啡馆里发牢骚、爆粗口，国王陛下也管不着。

19 世纪，巴黎流行起用玻璃和钢铁掺入建筑，各类露天拱廊商店街出现。人们爱上了游逛，作为饮料提供点和休息站的咖啡馆，随之发达起来；又因奥斯曼男爵大改造后，市容风貌雍容华贵，游客和本地人也都乐意去咖啡馆坐一下午，隔玻璃窗看世界了。19世纪后半段，巴黎的繁盛，引来大批外省青年和外国艺术家。这些人物，没来得及住豪宅置美地，只好出没于咖啡馆，边喝咖啡边舞烟斗，激扬文字、指点江山，一高兴就蹲一晚上——还能当免费旅馆。

最后，当然，还得是靠传说。

比如，传说里，伏尔泰一天耗掉12杯咖啡。

比如说，狄德罗写百科全书时，就是边喝咖啡边完成的。

比如说，巴尔扎克喝咖啡过量，年过五十就死。

比如说，亨利·詹姆斯说巴黎的街道是咖啡馆的长链，每家的桌椅形成小小的岛屿，伸入沥青的大海。

比如说，海明威年轻时在巴黎穷愁潦倒，经常在咖啡馆蹲一天，一杯咖啡，不叫吃的，还自我安慰"饿着肚子看塞尚的画更容易有感觉"，但这不妨碍他削完铅笔、开始写作，看着在咖啡馆里出没的姑娘，以她们为主角写故事，以及那句"我看你一眼，你就属于我了"。

巴黎的咖啡馆，好处不在明亮，而是幽暗。托马斯·沃尔夫说，巴黎咖啡馆是"败坏的，感官的，微妙的，污秽的"，混杂着昂贵的香水、葡萄酒、啤酒、白兰地、法国烟草、烤栗子、黑咖啡，带着一百种绚丽迷人的神秘液体，以及女人芬芳的肉体。

双叟咖啡馆，在其初开张时，中午供应咖啡，晚上供应苦艾酒。魏尔伦与王尔德这两位当时被人指摘过私行的大才子，都爱这个地方。双叟隔壁，1887 年，花神咖啡馆开张。1913 年左右，诗人阿波利奈尔投资，让一楼变成《巴黎之夜》编辑部，方便大家搞文学。1941 年 1 月，巴黎还在被德国人占领，波伏娃到花神取暖。4 月，她在这里与萨特碰头。之后，一如波伏娃所谓，"我们把花神当成了家"。他们就在花神度过了沦陷期。

双叟咖啡馆

虽然萨特认为，他去咖啡馆是为了获得孤立和抽离，但在一个传说中，他曾和南美大师胡里奥·科塔萨尔在咖啡馆里坐在邻桌，却彼此不相识——在巴黎的咖啡馆，你真的无从知道自己身边都坐着谁。

萨特逝世于公元 1980 年 4 月 15 日。他下葬时，波伏娃的头巾滑落下来。四年后，经营了 44 年的老板将花神咖啡馆转手，据说只提了一个要求，"保留文学传统，保留特色菜：煮蛋配面包、黄油"。波伏娃在萨特逝世整整六年差一天的 1986 年 4 月 14 日逝世。2022 年诺奖得主安妮·埃尔诺说，1963 年名歌手皮亚芙逝世，1980 年和 1986 年萨特与波伏娃逝世，同样让她感到困惑——毕竟，她总以为，这些传奇人物会与她这一代人终身相伴。

然而没有人抵得过时间，一切都会流逝。

我曾在圣日耳曼德佩一个地方上了一年课，每天中午就去花神吃午饭——说是午饭，其实无非临街找一张桌子，要一份咖啡或茶，搭配一份法式煎蛋。花神和双叟的妙处都在临街，可以看人行走，缺点是冬天冷得很，哪怕上了煤气炉依然让人发抖。后来两个咖啡馆各自在户外咖啡桌上方建了玻璃拱廊，方便贪看景致的各位。

我一位做古董生意的朋友，曾一板一眼地描述：在咖啡馆坐室内或室外，大有讲究。坐室内，那就是要讨论事的，想找安乐窝的，想享受一点幽暗内部趣味的，本质是贪图安逸的内向人；坐室外，甘心冒着冬日寒冷与夏日暴晒，也非要看看过往行人的，那都是对人类感兴趣的外向人——当然，也可能就是想记取过往风景的游客。

双叟和花神走出去不远，便是利普啤酒馆。岁月变迁，利普始终坚持"我家是啤酒馆！"，卖啤酒、葡萄酒和咖啡，提供地道的阿尔萨斯美食。据说圣埃克絮佩里就是在这里喝着啤酒，写出了《小王子》。

海明威曾经在自己最穷困饥饿、怀疑自我的时节，跑来利普。坐下，要了一升装大杯啤酒，以及土豆沙拉。他喝了冰凉宜人的啤酒，吃了坚脆入味的油酥土豆，用面包蘸濡了橄榄油，又加了盘熏香肠蘸芥末，吃完了，心也定了："我知道自己写的小说挺好，将来美国总有人肯发表的。"

当然，对海明威而言，最经典的咖啡馆是另一处。

卢森堡公园旁边的丁香园，您如今去，依然可以吃到一些经典菜式：鱼肉打成泥之后的肉丸，吃来松软得惊人，仿佛土豆泥一般顺滑柔腻，但又分明有鱼的细腻；觉得是一条每天吃高热量、根本不游泳、一身脂肪、在沙发上看电视时安然去世的鱼拿来做了肉泥呢。

配的酱料是加了酸橙汁与盐的南瓜酱——似乎很奇怪，但南瓜酱厚润的同时，酸橙汁会给味道的尾端微微一提，感觉像是听了一篇扎实的报告后，结尾忽然讲了个可爱的笑话。

牛排的配菜是土豆泥与奶酪混合后揉成的，吃起来神奇得

丁香园咖啡馆

仿佛年糕，既有土豆极细微的颗粒感，又有奶酪被牙齿切开的顺滑，真奇妙。

我第一次去时，丁香园咖啡馆室内，一位老先生弹钢琴，琴上一杯酒，弹一段儿，停下来啜一口酒，摆摆头，继续弹琴，晏殊所谓"一曲新词酒一杯"，不过如此。中间我回头看，对他举杯称赞，他看我是中国人吧，就从舒伯特转而弹《月亮代表我的心》，装饰音很花哨，我听得一愕，看他老顽童地笑，不知怎的，我也笑得停不下来。

丁香园咖啡馆的桌角，各自挂着黄铜名牌，镶嵌着曾经喜欢来这里的诸位的名字：贝克特、阿波利奈尔、毕加索、波德莱尔……吧台高脚凳那里的名字，则属于海明威。

整整一百年前，海明威喜欢来丁香园。他说这是巴黎最好的咖啡馆之一。冬天此处室内温暖，春秋两季坐在露天咖啡桌也宜人，咖啡馆门前有内伊元帅的铜像，咖啡桌可以放在铜像之旁、树荫之下。

内伊元帅即拿破仑麾下悍将米歇尔·内伊。1815年6月18日的滑铁卢之战，他担任战场指挥，战争中他的坐骑换了五次，在最后大势已去时，他依然执着向前，直到被属下强行带离战场。半年后他被枪决，为了元帅的尊严，他拒绝戴上眼罩，由他自己向行刑队下令开火：

"士兵们，当一听到我下令开火，就马上直射向我的心脏！等待我的命令，这将是我最后一次向你们下发命令了。我抗议对我的判决！我为法兰西打了一百次仗，没有一次调转枪对着她……士兵们，开火！"

就在这尊铜像下，海明威有过他人生最重要的一段念想。

20世纪20年代，比海明威年长1/4个世纪的格特鲁德·斯泰因也住在巴黎，算海明威的前辈。这位博学的女士一度是海明威的好朋友。某天，她跟一位修车青年闹了点不愉快，就对海明威说："别跟我争辩，你们就是迷惘的一代。"

刚经历了一战，一向自觉严于律己的海明威，自然觉得这话不能接受。他沿着山坡走向丁香园，看着内伊元帅的雕像，想象1812年法军从莫斯科撤退，内伊率军殿后，且战且退时，何等地孤独。他想象每一代人自有其迷惘，所以，什么"迷惘的一代"？

内伊的塑像

"那些肮脏轻率的标签，还是都见鬼去吧！"

就是出于这种心思，后来《太阳照常升起》出版时，海明威将"迷惘的一代"这句话放在扉页，本意是嘲讽斯泰因：明明每一代太阳都照常升起，哪来的迷惘一代？——却不巧让大家继续误会，以至于这个称谓成了个文学史名词。

当然，这已经不是重点了。海明威那一代人里，产生了菲茨杰拉德、艾略特、雷马克、庞德这些大师。海明威如今的名声，以及他在丁香园咖啡馆门口的这段思量，名声远大过了斯泰因。

更重要的是，海明威的这种态度被传递下来了：总有掌握话语权的前辈，试图给后一代命名，"迷惘的一代""印象派""野兽派"，本来都是嘲讽之词；但之后的历史发展，常会让人遗忘最初的嘲讽，而将之镌入历史。

概念、口号、一两个词概括、商标式概念售卖——许多前辈都喜欢如此。当然，斯泰因小姐也许洞察力强过其他人，她所说的"迷惘的一代"也比一般的评论家要靠谱些，但我觉得：

如果少一些高瞻远瞩的智者、专家来为时代命名，来对后一辈指手画脚，年轻人会快乐一些。

毕竟每一代人都会在咖啡馆里消磨时光，每一代人都会自然流逝，而每一代人——无论他们多么辉煌，回看他们曾经的记录，曾经孤独闲坐喝咖啡的时光——都自有其当日不可解的迷惘。

加缪路

　　巴黎右岸第十区，有一条阿尔贝·加缪路，长 83 米，宽 14 米，近圣路易斯医院，去巴黎北站和东站都方便。当然这路实际上只是背负加缪之名，聊表纪念：建于 1978 年，命名在 1984 年。那时距离加缪 1957 年得诺贝尔文学奖、1960 年逝世，已经隔了个时代了。

　　多少非法国人，死都要葬在巴黎，比如肖邦，比如王尔德；而加缪的墓，甚至不在巴黎。他葬在里昂附近小镇维勒布勒万——1960 年 1 月 4 日，他出车祸的地方。2009 年，萨科齐曾想把他的墓移至巴黎，加缪的儿子拒绝了。稍微了解加缪的人都明白，也许这更符合他的性格。比起被供入历史，和雨果、大仲马们一起享受伟人待遇，在一个边陲小镇静谧生活也许更适合他。

但实际上，加缪也许是 20 世纪诸位大师里，对巴黎最熟的一个人。

1940 年 3 月 16 日，周六，加缪来到巴黎。时年 26 岁半，带着肺病的后遗症。距离他进阿尔及利亚大学攻哲学已七年，距离他大学毕业、写出《新柏拉图主义和基督教思想》已有四年。也就在那一年，他以法国共产党员的身份，又加入了阿尔及利亚共产党，结果被认为是托洛茨基分子，被法国共产党怀疑。

他生在阿尔及利亚——实际上，法国人当作神一般看待的足球巨星齐达内也是阿尔及利亚血统——一岁时父亲就在一战中逝世。他名义上是法国人，但阿尔及利亚是悬在法国本土之外的殖民地，他有点像是个失去故乡的男人。刚到巴黎时，他已经结束了在阿尔及利亚的一段婚姻，正是孤身一人。他是《阿尔及利亚共和报》的记者，在《巴黎晚报》找了个活干。他勤奋工作，工作完了之后，便开始自己的写作。同僚很少注意到这个讲话带殖民地口音、除讨论戏剧外几乎不激动的青年。也不会知道，他正在写一部怪异的、会被写入文学史的，以描写人类与周遭世界的疏离、孤独及彼此交流为主题的小说——《局外人》。

实际上，写作《局外人》时，加缪也自觉是个局外人。他一辈子热爱地中海式生活，但他必须在巴黎，在十八区蒙马特的拉维尼昂路上那家普瓦立叶旅馆住着，写着，过着欧洲大陆式生活。1940 年 6 月，他搬去了六区圣日耳曼大道的麦迪逊酒店，面临着教堂。在那里，走几步就能左看先贤祠、右望巴黎圣母院。这年稍晚，他娶了弗朗辛·福尔，一个弹钢琴的数学老师。

二战爆发，战争之初，加缪站在和平主义者立场。他不喜欢争端。但在 1941 年 12 月 15 日，名记者加布里埃尔-佩里被处决后，加缪愤怒了。他加入了对抗纳粹德国的组织，搬去波尔多。1942 年，他搬回了阿尔及利亚。

他再次跟巴黎搭上关系，是 1943 年的事了。1943 年 6 月，加缪认识了让-保罗·萨特。两个日后会在诺贝尔史上留名的巨人，在萨特那著名的《苍蝇》的首演仪式上相识。二战期间因为萨特，加缪决定加入抵抗组织。他负责编辑地下报纸《战斗》，因为前一任编辑罗伯特·昂泰尔姆被捕了——你可能知道，这位昂泰尔姆先生就是玛格丽特·杜拉斯的丈夫。于是，在巴黎六区的圣贝诺阿大街 5 号，加缪参与编辑工作，偶尔还得站岗放哨——看见纳粹逼近，就招呼走人。1945 年 8 月 6 日，巴黎解放，他是当场见证者和报道者之一。他也是第一批报道广岛原子弹爆炸的法国记者。总而言之，他成了个地道的英雄。

英雄也得在巴黎找地方住的。1943 年稍晚，为了工作方便，他在七区的椅路 22 号墨丘利旅馆租了个房间。也就是这年秋天，他跟朋友开玩笑说自己也许不适合婚姻。1944年，他住到了安德烈·纪德隔壁。他在这些旅馆房间里写小说，他的日程表总是随着搬家起伏。他在巴黎的宿命，一如他的人生和小说似的：哪里都不是他的家。哪怕他的妻子弗朗辛都为他生了让和凯瑟琳这两个孩子，他还是得到处搬，直到1946年，他搬到五区的赛圭尔路18号。又四年后，1950年，他搬到了六区的女士街。

虽然四处流浪，但1943年之后，他的生活轨迹已经定下来了。他总在圣日耳曼大道附近转悠，里皮饭店是他的长期食堂，花神咖啡馆他也去。他在这些地方跟保罗·萨特会面，或是给勒内·夏尔写信。他和勒内·夏尔也常会面，通常在六区的塞纳路。1947年之后，随着《鼠疫》的大畅销，加缪被伽利玛出版集团雇为高级编辑，在七区的塞巴斯蒂安-波丁路5号有了个办公室。

然而他的疏离本性，并未随之消散。1951 年他出版了《反抗者》，这本书让他和萨特本有些裂痕的关系开始弥合；1952 年他因为抵制西班牙的佛朗哥政权，退出联合国教科文组织。当法国和阿尔及利亚矛盾加剧时，他在 1955 年声称，这对他而言不只是政治事件，还是"个人的悲剧"。他身在巴黎，但是阿尔及利亚人。当这两股力量撕扯他时，他感受到了 1940 年之前，在阿尔及利亚，被两个党怀疑的痛苦。

在那些错综复杂的岁月里，加缪生命中唯一的慰藉是戏剧。1936 年他大学毕业时，在阿尔及利亚发现了工人剧场，从此沉迷其中。他说这是"真实质地"。他是个戏剧全把式：导演、编剧和幕后协调。

在巴黎，他去十七区，基本是为了赫贝多剧院；他也去八区，为了去马图然剧院。一些人相信，就是因为对戏剧的热爱，导致了他和那些戏剧女演员的绯闻，比如，有着西班牙血统的名演员玛利亚·卡萨雷斯。1956 年，他在马图然剧院排了《修女的安魂曲》，在十区的安托瓦内剧院，他排了陀思妥耶夫斯基的《群魔》。一年之后，他加入了这些经典作家的行列之中——44岁，他成了史上最年轻的诺贝尔文学奖得主。

但他的梦想却还在剧院上，他希望成立一个"新剧院"，承载他对戏剧的一切想象。但这个梦想在1960年1月4日被断送。在法国最冷的季节，他打算从维勒布勒万回巴黎。他口袋里有一张火车票，他本打算跟妻子弗朗辛以及孩子们一起坐火车回家，但是伽利玛出版集团的米凯尔-加利马尔——他的出版编辑，他一路走来的好朋友，邀请他一起坐车回巴黎。结果他们在一场车祸中逝世了。很讽刺，加缪非常讨厌车祸："再没什么比死在路上更蠢的了。"

如果加缪命中注定要死去，也许他不该死在阿尔及利亚或法国，不该死在他任何一个家里。他漂泊无定，也许就该在路上逝世。2011年，意大利米兰有家报纸认为，他的死和前苏联有关联，但这个观点少有人信。无论这故事是否真实，想一想：

直到死，他都被迫和政治斗争死死缠在一起——即便他一直疏离着周遭，思考西西弗斯的命运。

　　"我一直觉得我像海上的飘零者，即便身处最大的幸福中，也不免危险。"这是多年之前，他写在笔记上的一句话。这像是他提前给自己人生这幕戏剧定下的预言，虽然他自己一定讨厌这种俗套的陈述方式。巴黎只是有幸记录过他的诸多住处，而他不必葬在巴黎成为那里传说的一部分。他本身习惯四海为家，飞蓬流转，所以葬在哪里，都不是什么大问题。

一个叫拉斐尔的女孩

印象派大师卡米耶·毕沙罗于 1897 年至 1899 年间，居住在卢浮宫大饭店，画了 11 幅风景画，描绘了歌剧院大道、法兰西剧院广场和圣奥诺雷街 7 号的入口。他在 1897 年 12 月的一封信里，跟朋友吹嘘：

"我在卢浮宫大酒店找到了一个房间，可以看到歌剧院大道和皇宫广场一角的绝佳景色！……那么明亮、那么有活力！"

那的确是一段有趣又错综复杂的街道：卢浮宫外是里沃利路，然后是各种时尚小店满溢的圣奥诺雷街，再走几步，便是法兰西喜剧院，当年上演莫里哀先生《伪君子》《悭吝人》的地方。然后是歌剧院大道。歌剧院大道是树干，生发出无穷枝干，面向着歌剧院，左侧的树枝通向杜伊勒里花园，右侧的树枝则布满了口味极浓郁的日本拉面馆、日式荞麦面馆、乌冬面馆，自然也有韩国烤肉店、泰国馆子和奶茶店。

那里曾有过一家叫"敦煌"的老广馆子，老板摆得出和邓丽君的合影，每日例汤醇厚无比，但 2019 年后，也就歇业了。

我偶尔路过时，会去一个消防队驻地旁边的亚洲超市，叫作 K-MART。左岸的亚洲人爱去巴黎十三区购物，右岸的亚洲人则喜欢到这里来。泡面、酱油、便当、刺身、味噌、煎茶、年糕、甜辣酱，诸如此类。考虑到歌剧院背后就是老佛爷和巴黎春天，我很怀疑亚洲游客购物之后，都乐意跑这里来吃一顿。

歌剧院大道不及香街有名，但颇有生活气息。我不止一个同来自亚洲的朋友会感叹：每当思乡了，就去歌剧院大道的超市里，买一堆东西回来——好了，又能多活几天了。

以及，每次我路过歌剧院大道，总会想起我的一个韩国女同学，她给自己起了个名字，叫作拉斐尔。

我以前一直想问，为何她一个韩国姑娘，会起个外语名叫拉斐尔。每次都是事后想起"忘了问"，见面时好奇心又被礼貌压抑了。何况，拉斐尔并不喜欢说话。

直到，再也没机会问了。

拉斐尔来自仁川，头发染成橘色，扎着马尾，表情常显得天真中带惊异，衣服常是白底配各色花纹。

她在巴黎，似乎学各色稀奇古怪的功课。每次教授们讲到偏门别类的科目，其他人听得兴味索然，她便睁着惊异的眼睛，眼镜快滑落到鼻尖了，抱着笔记本狂记，俨然抱着橡果的松鼠。

我看过一次她的笔记：秩序俨然，色彩纷呈，一目了然，让我叹为观止。我夸说记得真好，拉斐尔一声不吭地笑一笑。

因为她表情常显得惊异，一笑起来，还天真无邪的。

我很怀疑拉斐尔的爱好是逛街。因为我在歌剧院大道晃荡时，不止一次遇到过她。巴黎不大，但以我基本不逛街的习惯，还能不止一次遇到她，很可能她总是在到处奔走。她很少穿宽大的裤裙，总是瘦腿裤和球鞋，仿佛随时预备着冲到室外，开始在街上暴走。

某个秋天的阴雨黄昏，某教授的讲座来的人寥寥，确切说，只有我和拉斐尔去了。教授倒也没怎么不开心，就下座来，与我们聊天。教授说，他是个出生在加拿大的荷兰人，年少时是电影迷，于是来巴黎疯狂地看电影；就在某天，电影院，他与隔壁的一个英国姑娘看对了眼。

"所以我们结婚了，现在女儿住在英国；我们嘛，还住在巴黎。一年也就回加拿大一趟吧。"

我和拉斐尔听得鼓起掌来，教授微笑着起身一鞠躬，仿佛歌剧演员谢幕。

"那么，说说你们看。"

我说完了我的，教授回头看拉斐尔。拉斐尔眨了眨眼睛，抿了抿嘴。现在想来，不知道是不是错觉，那天的室内格外幽暗。黑云压天，室内仿佛夜晚了。

拉斐尔开始断断续续地说，用的是法语，先是几句熟练的自我简单介绍，之后，开始一个个往外蹦词。

她住在仁川，但在首尔也有家。她来巴黎是为了，待在巴黎；但她在巴黎的时间不长了，来年夏天就要回去了。韩国，职场，婚姻；韩国女性的压力非常非常大；她的母亲在首尔；她的父亲是个"很传统的韩国父亲"。

她很喜欢意大利，喜欢南欧，因为阳光更好，天候更温暖；她喜欢巴黎，但不喜欢巴黎的冬天，她待在巴黎，更多的是可以躲着，不用回韩国去；韩国的女性生活，跟巴黎的很不同……

她说着，教授听着，偶尔帮她说出几个她想表达但不知道如何念的法语词，拉斐尔就点头"嗯"一声，然后继续说下去。她滔滔不绝地说着，到后来法语夹杂着英语，以及我听不懂的韩语：她喜欢巴黎的春夏，因为有阳光。她梦想过做芭蕾舞演员，被爸爸阻断了。仁川有海，但是到了冬天就很少出太阳。她喜欢巴黎，喜欢 K-Mart 超市里的五花碎肉和年糕……

我从来没见过这样的拉斐尔。

这也是我最后一次见到这样的拉斐尔。

转过年的春天，拉斐尔没来上课。后来我听同学说起，拉斐尔逝世了。

四个不算亲近的同学提供了四个不同的说法，计有：在巴黎遭遇车祸；回韩国度假期间遭遇车祸；在巴黎自杀；回韩国后自杀——提出后两种说法的人，还追加了一些"是不是情感问题啊"的猜想。

当然，也很快过去了。

我至今不知道拉斐尔是如何过世的。交情实在不算深，所以也谈不到去追根溯源。只是有时候去博物馆，去大道上，就无法不想起：以前与她在街上遇到时，她略带惊异的神情，以及那些一丝不苟的笔记。

我与那位教授再次相遇，是在某咖啡馆。他当时正忙于找人翻译他写的巴黎画廊与电影院小史，过来跟我搭了几句话，自然带到了拉斐尔。我说了拉斐尔逝世的事。教授沉默了一会儿。我说，我也不知道是车祸，还是自杀。

"我不知道这两个哪个更糟。"教授说。
我也不知道。

我们谁都不是当事人。谁都无法为她安排命运。

我偶尔还是想得起她那天在幽暗的室内说着自己的事。我总觉得，她还有许多笔记，以及许多笔记里没有记载的秘密。就这样不声不响地，随着她一起，消逝了。我能够从她描绘的词句里，想象出一些片段，但到最后觉得，还是不去想象比较好。

又一年多后，某周日，我坐电车去夏洛蒂体育场，看见一大批学生上车，灿然欢笑，一派"被教授带到公园或露天去讲课，刚刚下课了"的样子。其中一个女孩子，拿着笔记本，梳着橘色的马尾，穿着白底红花的毛衣。我还没来得及多看一眼，车门已经关上了。我下意识跟着车走了两步。旁边的黑人小伙子诧异地看着我。

我想大概是看错了。

那天阳光很好，是拉斐尔如果还在世的话，会高兴地沿街奔走的天气。我在回程时默默地祝祷了两站路——虽然我是个无神论者，也不知道该朝谁祝祷。我只是近乎荒诞地希望：我看见的是拉斐尔，而此前听到的一切关于她逝世的传言，都是假的。倘其不然，那么，但愿她们这样的女孩子，以及她们那些厚厚的、璀璨的、记载着对世上所有新奇知识的热爱的笔记，以及她们每个人都怀有的秘密，都能得到命运的垂眷与呵护。

卢浮宫

"我想去卢浮宫。"

"好。"

"是不是好大？你就带我去看个三大件吧……"

——我与来巴黎的朋友们，惯常如此对话。通常他们去卢浮宫，也就是为了看一看三大件：米洛斯的维纳斯雕像，萨莫色雷斯岛的胜利女神像，《蒙娜丽莎》。

这似乎也是全世界人民的共同爱好——你去卢浮宫，这三大件前面，也的确是人山人海。以至于我一个朋友去看《蒙娜丽莎》时，兴致盎然，不拍画，却拍拍画的人群，还对我说道：

俯瞰卢浮宫

"这么多人追着拍蒙娜丽莎，这情景本身就是个现当代艺术嘛！"

是的，《蒙娜丽莎》不变，变的是其前方熙熙攘攘的人群，更新换代的拍摄器材，以及百变千幻的自拍姿势。

大多数旅游团为了贪方便，会带游客们走卢浮宫的德农馆——如此可以迅速看到胜利女神像与《蒙娜丽莎》。我稍微不同些。我惯常的一条线路是，进叙利馆，老老实实地，从老城墙下走过，一路走到埃及拉美西斯狮身人面像了，就问朋友：

"想看三大件，还是埃及和中东展品？"

若选前者，便右转上去，希腊雕塑馆就在眼前；穿过形形色色的希腊雕塑，就是米洛斯的维纳斯像了。

看罢这一尊，右转是一片罗马雕塑，可以一直前行，便到了雕塑长廊，远远看得见米开朗琪罗传奇的垂死奴隶像；当然，此时回身上楼梯，便看得见高踞楼梯口的胜利女神像。看罢了，便右转，开始看绘画了：一条文艺复兴时期意大利油画大廊，从波提切利，到吉兰达约，到佩鲁吉诺，然后是佩鲁吉诺的徒弟拉斐尔，然后是众所周知的达·芬奇、卡拉瓦乔等人……如此一直通到二楼的一翼；旁边另两个厅，则是法国 18 世纪末至 19 世纪初的大油画厅，去惯的朋友呼为红厅，里面净是大卫、安格尔、席里柯、德拉克洛瓦等法国名家的鸿篇巨制。当然咯，意大利廊和红厅中间，专门有个大房间，是搁《蒙娜丽莎》的——实际上，那也是整个卢浮宫，屈指可数的，会给油画上玻璃、围栏杆，让大家只能隔栏看的几幅作品之一。

全世界的观众八成也差不多，围着维纳斯看的游客，未必有多少肯去分析希腊雕塑的风格，更多都还是啧啧谈论："她要是有胳膊，该是什么样啊……"围着《蒙娜丽莎》看的人，也不是为了欣赏达·芬奇的渐隐法如何让那眉梢眼角婉妙动人，大半还是在嘀咕"她的微笑到底是啥意思……"

大概，卢浮宫本身的伟大，这三件是锦上添花，而非雪中送炭。它们是王冠之上的明珠，但王冠不赖它们，也能自身璀璨无比。

卢浮宫本是王宫，查理五世、弗朗索瓦一世都住此地，收了许多古玩画作，直到17世纪晚期土豪金大王路易十四改了主意，去凡尔赛造他金灿灿的镜厅长廊，这地方才成了法兰西学院、绘画学院和雕塑学院的所在，从皇家气派改了人文气息。大革命之后，因地制宜，就把此地当了博物馆——反正这里许多名画摆着，都不用往外搬，只把别的搬进来就是！卢浮宫有段时间，甚至不叫卢浮宫：拿破仑做皇帝时，这地方叫"拿破仑博物馆"，那时节，他老人家四处征伐，所到之处，随地收掠，把古罗马、古埃及的东西大肆搬回卢浮宫去。后来拿破仑逊位，被放逐去圣赫勒那岛，法国人也不好意思，还了些回去，但还是留了些在法国。

巴黎的博物馆里，卢浮宫也不是一力包揽：比如19世纪往后的大作品，馆里就收得少，像印象派画作，基本被奥赛博物馆分走；现当代艺术，则多在蓬皮杜中心。但论到19世纪之前的作品，放眼天下，也没几个博物馆能和卢浮宫相提并论了。

《蒙娜丽莎》为首的许多意大利作品，如波提切利、利皮、保罗·乌切洛诸位的大作，卢浮宫藏量丰厚。那是早先法国国王们挥金如土，从意大利收回来的——《蒙娜丽莎》是弗朗索瓦一世使了4000埃居（那时候大约一万二法郎）买了，先放在枫丹白露宫，再搬回卢浮宫的。意大利虽有梵蒂冈博物馆、佛罗伦萨学院美术馆和乌菲兹美术馆、威尼斯公爵宫等足以分庭抗礼，但单个叫板，也确实不如卢浮宫量多质优。

文艺复兴之后，法国在艺术界确实独领风骚：尼古拉·普桑那一代画家是承了意大利遗风，之后法国自开一派天地，俨然可以自称17世纪之后地中海沿岸国家的艺术之都了。

19世纪，卢浮宫有了先王所藏，外加拿破仑的增补，馆藏甚丰，于是越发查漏补缺，指望海纳百川。断臂的维纳斯是1820年在米洛斯岛被发现，由法国驻土耳其大使买下的；胜利女神像是1863年被法国人夏尔·尚普瓦索发掘，送回巴黎的；汉谟拉比法典是1901年才在伊朗被发现，也被搬到卢浮宫放着，还被周杰伦唱进了《爱在西元前》。

题外话：方文山为周杰伦写的歌词是，"古巴比伦王颁布了汉谟拉比法典，刻在黑色的玄武岩距今已三千七百多年，你在橱窗前，凝视碑文的字眼"——然而，卢浮宫的汉谟拉比法典，没有橱窗，就一块黑色玄武岩戳在那里。

卢浮宫收古希腊作品和古埃及作品，比较后知后觉，不像威尼斯人和罗马人有天然地理优势，但架不住他们收起来勤苦周全，尤其在 19 世纪后期，法国人简直形成共识：任何好东西，都要送进卢浮宫才算得了地位。比如 1831 年就展出的《自由引导人民》，到 1874 年才进卢浮宫，算是从此坐定德拉克洛瓦经典画家的地位了。

如此，诸藏品和卢浮宫互长声名，前者以进卢浮宫为荣，后者以坐拥藏品为荣，终于让卢浮宫的古代地中海艺术品收藏到了巅峰。全世界范围内，也只有意大利各馆仗着古罗马遗物，可与卢浮宫一较短长，但论全面，终究还是差了一筹。

去惯卢浮宫的人会开玩笑：正因为这三大件吸引了无数游客，给其他的画作敞开了空间，你才有机会看别的。

比如，最明显的例子：卢浮宫里，正对着《蒙娜丽莎》的，是威尼斯大宗师委罗内塞那幅994厘米乘以677厘米的巨作《加纳的婚礼》。

《蒙娜丽莎》侧面，是提香的名作《照镜子的女人》。满厅都在高举相机、在攒动的人头之上拍《蒙娜丽莎》时，你就可以静心站着，看其他巨作了。

我之所以喜欢先带朋友过希腊雕塑，再过罗马雕塑，然后直扑意大利文艺复兴绘画，再看法国19世纪绘画，是这么个意思：希腊雕塑之所以称为欧洲艺术的起源，与其文明自有渊源。体现在他们的雕塑上，也讲究均衡、完美、清澈、理智、一目了然、线条明丽。这就是南欧的经典审美。克里特岛的绘画为文明绘画之始，希腊的陶瓶绘画和壁画已有短缩法、透视法等端倪；伊特鲁里亚墓室壁画和庞贝城壁画开始描绘美妙的日常行动。换言之，"眼睛能看到的一切，就是如此"。

所以先看清澈明丽的希腊雕塑与雄健宏伟的罗马雕塑后，直接看文艺复兴意大利绘画，很容易就接上了。

在文艺复兴之前，漫长的中世纪，绘画更多作为建筑的装饰，教会相信绘画须以图代文字（因为那时代文盲太多了），以最少的图描绘《圣经》故事，故欧洲绘画、挂毯或镶嵌画往往求表意而缺乏眼见为实之感。

到了 13 世纪，意大利艺术家——这时他们还常被目为工匠——有时能抛开口口相传的戒律技巧，去表现自己感兴趣的东西。在此之前，艺术家们都是这样产生的：他们给其他艺术家当学徒，投入血汗，当牛做马，偷学些技巧。他们做杂活、干劳力、填次要部分的色彩，然后才学习画次要角色、画背景，画师父们不愿干的。中世纪的画家们，将画像视为流水线劳动。他们会画冠冕、袍子和权杖，会画基本的人脸和身体；于是他们接了订单，就老实把人画出来；人脸未必肖似，只画固定的衣服装饰，让人明白"噢，这是某某主教吧"，大概差不多就可以了。所以，13世纪，画家们偶尔会画些不那么程式化的东西，你可以理解为他们寂寞了，想展现一下技巧了，或者用好听点的词句，"感受到了艺术的灵感"，随便吧。

到了14世纪，意大利已经成了欧洲艺术的中心：文艺复兴自那里开始，意大利诸名家有机会观摩到古希腊和古罗马的作品，他们开始用短缩法、透视法，描绘事物不再平板板的，而试图展现出"如我们眼前所见"的一切。人体比例、肌肉线条、构图、造型，绘画与雕塑都不再敷衍了事。

卢浮宫的意大利绘画廊，就是如此：那里几乎按年代，一一展现了文艺复兴的流程。波提切利壁画的柔美、乌切洛油画的动态和短缩法、罗马派绘画里曼特尼亚仿佛雕塑的笔法、拉斐尔如何传承了师父佩鲁吉诺那"理想之美"的风格，都是一点点看得出来的。如果单看一幅拉斐尔，你只会觉得"好！"，但从13世纪的意大利绘画一路看到拉斐尔，你会明白："原来这么个好法！"

等看完了拉斐尔们，再回头看与《蒙娜丽莎》同在一个大厅里的那几幅威尼斯大师作品，看看宏大的委罗内塞，看看细腻的提香，也就能明白："哦，敢情威尼斯画派与意大利其他地方还不一样！更写实，更重色彩，有世俗风味，看着也舒心啊！"

等看完这些文艺复兴风格后，再往前走，看到鲁本斯为首的一批巴洛克风格，您就能感受到区别了。不止一个朋友会问我，佛兰德斯画派的大师鲁本斯笔下，"女孩子为什么这么胖？"——比意大利人画中的女孩，胖得多啦！他那么爱画肉体，将它们浮凸纸上。他所画的，无不生动鲜艳、紧张暴突、全身骚动、动作猛烈、气势雄浑；一眼望去，就是戏剧定格、正在紧张时分的肌肉男和胖女子。他极重色彩，有一种传说：他打草稿时，不用黑白素描，却敢直接用珍贵的颜料，在底稿上涂抹，如此方出效果。他擅长画英雄、暴力、欢乐、情欲，风骨意气昂扬，生命力泛滥充盈，骨骼巨大，肌肉粗壮，活泼喧闹，大气纵横，这些风骨，后来就被作为巴洛克风格的典型。

文艺复兴风格的澄澈宁静，巴洛克风格的华美奔腾，对比就这么强烈。

——这时您立刻穿过走廊，到红厅里，去看法国 18 世纪末 19 世纪初那些画作，就会有更明白的体验了：所谓新古典主义，上追文艺复兴；所谓浪漫主义，崇奉的是巴洛克。嗨，原来两种风格的对垒，从文艺复兴一直磨到了 19 世纪啊！

19 世纪的到来，令艺术家们的生活天翻地覆。法国大革命后，欧洲王室权威渐落，艺术家们也愿意为自己寻一条骄傲的道路。贝多芬在年满三十时，曾慷慨激昂地宣称："只要我随意写几首曲子，就能够解救我朋友的危急！"这是新一代艺术家们的理想，他们可以摆脱仆人的地位，不必依附教皇、领主、爵爷们。世界广阔无边，他们尽可以横刀纵马，创造自己的艺术——至少他们是这么认为的。

因为想独立，因为想有更多的自己，于是在 19 世纪，"风格"变得至关紧要。在提香和拉斐尔的时代，固然大师们风格卓异、一目了然，但他们的目的，依然是"完成委托的作品"。风格如天性，只在画里自然而然地流露。但在 19 世纪艺术家那里，"风格"是倨傲的个性，是激烈的宣言。

19 世纪前半段，法国古典派第一人该是让·奥古斯特·多米尼克·安格尔。他曾师从大卫，学习新古典主义。他对米开朗琪罗那个描绘英雄与神的时代心向往之，他在描绘人物时又热爱拉斐尔完美圆润的风格，还把 17 世纪上半叶的法国大师尼古拉·普桑奉为祖师爷。在卢浮宫二楼红厅里，新古典主义那个地方，基本是安格尔和他的老师大卫两人的油画分庭抗礼。在安格尔最著名的画作《大宫女》里，看得出米开朗琪罗的痕迹。评论家会指摘说，《大宫女》腰部比例大大不对，简直多了三节脊椎骨。但安格尔的学生们则回应："这一切是为了美！"

——在他自己的美术学院里，安格尔自上而下贯彻他的权威。他的写生课坚持百分之百的精确训练，形状描绘要清晰、冷静而圆润，画要收拾得干净，细处绝不能有瑕疵。他老人家也的确孜孜不倦、精益求精，比如，他28岁时画过的一个裸女背像，到82岁时还会重新拿出来，当作《土耳其浴室》的灵魂图景，而他的画作，也的确历久常新。这组传奇的裸女背像，被卢浮宫细心地放在三楼的一个房间里，也算是卢浮宫的趣味所在了。

当然，您可以想象，性格奔放些的年轻画家，对他老人家那套精确、琐碎、圆润、完美、严格的画法，会有多厌倦。

隔着一个厅，是视安格尔为对手的"浪漫主义狮子"欧仁·德拉克洛瓦，以及他那几幅传奇作品。除了人尽皆知的《自由引导人民》，还有凶猛的《萨达那帕拉之死》。

——萨达那帕拉他老人家是公元前亚述的君王。灭国之际，决定自毁一切。他老人家令手下杀死宠妃与骏马，毁灭一切，自己默默观看。情节惨烈无伦，画风亦然。

——标准的新古典主义，如安格尔大师，讲究线条清晰、人物端正、构图匀整，仿佛雕塑，色彩也是明丽为主。新古典主义和古典主义一样，讲究色彩的均衡：红热蓝冷黄暖，色彩要尽量平衡来避免过热或过冷，动作要端庄娴雅以免过分。

但德拉克洛瓦才不管呢：

他浪漫起来，大红大黑。红是热烈，黑是阴暗。君王陛下在左上角，隐然划出一条大对角线，这是典型的浪漫主义特征。杀马、杀人、锁喉，妃子们肉体惨烈的白，扭曲的痛苦，即将被毁灭的闪烁珠宝。强烈的对比，急速的动作，浮夸的扭曲。

这幅画灵感来自拜伦的诗剧，展出在 1827 年，德拉克洛瓦 29 岁，与 47 岁的安格尔那幅端庄的《荷马被神格化》打擂台。这幅画几乎引来一致批评，除浪漫主义的同道雨果外，几乎没人给好脸。多罗希-布希说过，"这幅画简直是丑陋梦幻主义"。的确，太狰狞，太可怖，太极端了。然而这幅画启发了许多人，比如，音乐大匠柏辽兹一年后谱出《萨达那帕拉》，得了罗马大奖。

这就是德拉克洛瓦了。他是个性格热情的人物，对伟大画作不吝喝彩。他把 17 世纪另一位大家鲁本斯捧为"绘画界的荷马",大为赞许其辉煌雄浑的色彩。他会在英国风景名家康斯特布尔的画前大声鼓掌,扬声叫好,让人侧目。他在 1830 年亲历七月革命,并以雄浑的笔触,制作了那幅著名的《自由引导人民》。但他骨子里煞是温柔。他的日记文笔优美,而且一再暗示:他不愿意被当作叛逆者。他仅仅是"嗯,不能接受学院派的标准"而已。他小安格尔 18 岁,成长于大革命之后,所以他厌恶安格尔一派对希腊和罗马的崇敬,鄙视"正确的素描""要模仿古代雕像""最纯粹的美丽"这类教条。

看完红厅,我们已经又回到了胜利女神像,于是一路穿行,上楼去看 18 世纪与 19 世纪中期的法国画了。其中最出色的便是风景画,许多出自巴比松画派之手——这个画派得名,是因为泰奥多尔·卢梭在巴比松的枫丹白露森林定居,其他如康斯坦·特罗容、朱尔·杜普雷、夏尔·弗朗索瓦等,均参与其中。这一派的画家们,在荷兰和英国风景画影响下,拒绝像安格尔那样"将风景美化",而寻求对自然的真实描摹。他们细微而诚恳地观察风景,对光线的变化效果至为关心——那就是印象派莫奈与雷诺阿们的先声了。等您看过了这些,就该出卢浮宫,到塞纳河对岸,去看奥赛美术馆里那些印象派大师了。

当然,您也可以选择一种最简单的方法。您完全可以直接走向卢浮宫中庭。话说古希腊这地方,临海多山。空气新鲜,阳光灿烂。可供眼睛观览的,远胜过土地出产的。古希腊城邦公民不重视房居与衣服。一张床、几个水罐便是家,一件单衣便可以出门。一点橄榄、葡萄和鱼就够他们补充热量。他们在户外活动,在广场谈论,在剧场听演唱,锻炼身体,思考哲学,散步,出海。土地不肥沃,所以他们不爱耕作,只爱巡游,航海遍及整个地中海。地缘决定了他们的思想与倾向。他们灵活、能说会道、开朗,但不喜欢按部就班。他们的众神与人一样性格多样;他们倡导裸体的美丽。你可以就坐在卢浮宫中庭,不去看那些繁华的绘画,而只是看阳光,看雕塑,看仿佛千年前的希腊人那些美丽的身形。

卢浮宫中庭

艺术到最后，也可以简单到只为了让人觉得愉快嘛。不是吗？

我一位跨界时尚与现代艺术的朋友，从英国穿来一双设计精美但累赘的鞋子，说要穿了走卢浮宫；然而她低估了卢浮宫的庞大和鞋子的结实程度，半途坏了一个鞋跟。无可奈何，她坐在卢浮宫二楼阳台边，将那双鞋子——坏了的和没坏的——并排摆在阳台栏杆边，就着卢浮宫的背景拍了张照，发回给了鞋子的设计师。设计师回信说，这真是他所见过的最残缺的美。

　　由于《剧院魅影》，巴黎的灿烂辉煌的歌剧院加尼叶宫，可能是当世最有名的歌剧院之一。它前面一条大道直向法兰西喜剧院与卢浮宫延伸，背后就是老佛爷与巴黎春天，右手边是和平咖啡馆与旺多姆广场。歌剧院之中，则有马克·夏加尔亲手描绘的、华丽斑斓的天顶画。

　　以及，一些陈年往事：

　　歌剧院里至今保留着一段 1829 年的报纸评价，说论音乐，莫扎特是国王，格鲁克是首相，贝多芬是大元帅，巴赫是司法部长。而罗西尼，当时的流行歌剧之王，是"宫廷糖

歌剧院天顶画，夏加尔

果商"……

音乐界的鄙视链，也是源远流长。

自然，歌剧院的意义，又不只是歌剧以及芭蕾舞剧了。

19世纪，巴黎一度被叫作"新巴比伦"。欧洲最繁华的城市。前四届世博会在巴黎开了两届，前七届世博会巴黎占了三届。商业催生欲望，一些不那么正直的行业也不免水涨船高。商业、现代科技、艺术与文化，都在为欲望服务。

1766年，巴黎才开始有大批路灯出现，先前出门，是两眼一抹黑。1812年，巴黎开始用煤气路灯。1825年开始，布鲁塞尔、阿姆斯特丹和巴黎陆续建起了贯通全程的煤气路灯。贩卖美貌就此方便了起来。据说波德莱尔如此描述：

"路灯亮了，妓女们的脸被点燃了。"

19世纪后半叶，巴黎是欧洲最没禁忌的大城市。良家妇女可以去的地方，妓女们也去得。按说妓女应该注册，但非法游妓也不少，警察管不过来。路灯下，穿着貂皮，着了妆的女孩子，眼尾轻扫，哪位先生走过来，停了停，双方就都懂了。妓女走开几步，先生尾随，然后两人便摸黑走过胡同、爬上一道梯子，找到卧房解决问题……老练的烟花女子，懂得如何用路灯，照亮自己该照亮的地方，遮盖自己想遮盖的所在。当然也成全了不少小流氓。那会儿，很流行盗匪派年轻男孩子刮光胡子扮女装，灯下一站，等冤大头过来，勾引到墙角，一拳闷倒，偷了东西就跑。普通一点的姑娘，不站街，而去咖啡馆。她们也许兼着几份职，唱歌、弹吉他、做女侍。这类姑娘，最得学生和艺术家喜欢。学生会觉得与她们交往，不失浪漫；艺术家喜欢请这类姑娘去当模特，混熟了当了情人，也许价格还便宜些……

再高级一点的，等闲人是看不出情色痕迹的，她们的舞台？

就是歌剧院。

她们浓妆华服，在歌剧院大道之类地方出没，自己有马车，有女仆，有的还有宅子。

玛丽·安娜·德图尔贝，第二帝国时期的名情妇，后来成了罗伊内斯伯爵夫人；布兰切·德·安蒂妮，法国名歌者，当过俄罗斯大佬梅森索夫的情妇，在彼得堡待过一段时间，回来后成了巴黎首席歌剧天后，到处留情，据说还是左拉小说《娜娜》的女主角原型，埃及当时的苏丹对她念念不忘。

最有名的，大概是玛丽·杜普莱西：15岁做裁缝，16岁成为交际花，在歌剧院包厢里浓妆而坐。四年后，她和小仲马交往，21岁开始跟钢琴之王李斯特在一起，23岁病逝，小仲马为她写了著名的《茶花女》。

当日比利时的亨利爵爷曾武断地评论："在巴黎，没有一个浓妆艳抹的女子不想出卖些什么……"跳芭蕾舞的少女，歌剧院的歌者，红磨坊的舞者，任何可以炫耀美貌的舞台，在19世纪的巴黎，都可以是陈列的橱窗，炫耀美貌，待价而沽。有些成了传说，艳名远播，可以靠伟大的情人和财富遮盖以往的一切，但大多数没那么幸运。她们自己也清楚。这是19世纪末20

世纪初，巴黎许多女子爱吸鸦片的缘故。

"美丽是会随时间流逝的，而失去美丽之后意味着末日。所以她们只想快乐地早些结束生命。"当时的美女玛格丽特·贝兰杰如是说。

所以依靠美貌生存的女人，在 19 世纪可以那么不要命：勒细腰、不健康的饮食、纸醉金迷。无论是在路灯下扫着男人的眼睛、咖啡馆透过雾霭看着男人的眼睛，还是歌剧院包厢里扫视周围的眼睛，其下都有一种末日恐惧。要么美着，要么死掉，最好是美貌、年轻又快乐地死去，没入黑暗之中。所以她们喜欢夜：这灯火明亮却又幽暗的巴黎，就是这些美貌最好的消逝之处。

当然咯，歌剧院的传奇，不只是台上的演员、台下的美人，还有其他呢。

1894 年 12 月 26 日，法国的歌剧院传奇，当时所谓"世界上最著名的女演员""圣女贞德之后最有名的法国女人""神选的莎拉·伯恩哈特"，给出版商莫里斯·德·布伦霍夫打电话：

"我要 1 月 1 日之前给我的《吉斯蒙达》来个大海报！"

"不可能啊，现在圣诞假期，我手头没一个画家有空的——而且时间那么短！"

布伦霍夫身旁，有个声音搭茬了："我来吧，我画过伯恩哈特许多次，很熟！"

那是 34 岁的画家阿尔丰斯·穆夏。

在此之前，穆夏的人生充满了拒绝。1860 年他生在当时属于奥地利、如今属于捷克的摩拉维亚某小镇，他小时候想进修道院的合唱团，被拒绝；想进唱诗班，还是被拒绝，只好当个小提琴手；读完中学，18 岁，他向布拉格美术学院申请，还是被拒绝。布拉格美术学院还建议他另谋出路，别琢磨画画了。

穆夏去维也纳，给剧院画布景，也尝试摄影。他也画肖像、搞装饰艺术和雕刻。25 岁他去了慕尼黑，在慕尼黑美术学院正经学了一段时间画画，然后到巴黎——这年他 28 岁了。到 30

岁，他还是没有可靠工作，他在巴黎的房东是位叫夏洛特·卡隆的女士，她人很好，说这样吧：你没钱付房租？那就画点画给我，代替租金吧。

终于到 34 岁，穆夏遇到了莎拉·伯恩哈特的约稿。

1895 年新年到来时，巴黎街头出现了这幅传奇海报。穆夏用寥寥几天时间，制造了比真人还大的海报：莎拉在此中自然高贵美丽，而画面中的拜占庭风花纹与植物花束，从此成为穆夏的招牌。

莎拉很是满意，订购了四千张海报，又给了穆夏六年的合同。

从此穆夏成名，商业上获得了巨大成功。1896 年，传奇的《四季》联画出来了。再两年后，1900 年巴黎世博会，穆夏的作品大放异彩，成为奥地利的骄傲。又两年后，他开始设计珠宝。此后便是各色平面设计——他涉足各种领域。

按 20 世纪初巴黎人的观点，穆夏的艺术特色是优雅华美：

《吉斯蒙达》海报

拜占庭风的雕纹，与姑娘长发相得益彰的花叶，美丽到让人目不暇接，是所谓给美丽做加法。

但穆夏的故乡布拉格，以收藏穆夏其他设计作品为主的馆藏，却留了一句美国演员莱斯利·卡特的话："他简化了许多东西。"

到底是加法还是简化？

回到 1895 年莎拉那幅传奇的海报。这幅画固然美丽，但那年莎拉·伯恩哈特年已五十。根据流传下来的照片，50 岁的她已经有了许多女演员无法避免的东西：黑眼圈、皱纹、为了保持身材而出现的面颊阴影，诸如此类。但穆夏巧妙地将莎拉的形象理想化了，简化了岁月的痕迹，加上各色花束与花纹，使之美丽。

即，他同时做了减法与加法。

穆夏画里的缤纷色彩，很容易让人忽略他笔下对人物的简化与理想化。他一直在追求一种跨艺术的美：一种在平面设计、珠宝雕琢、绘画、照片、海报与插图里都能通用的美。因此，他提炼出的美学公式，当然是相对抽象的、复古的、通用于一切时代的。这种审美的极端，体现在他 71 岁那年在布拉格描绘的教堂彩窗——这幅画如此中世纪风格，却又如此穆夏。在简化抽象的同时，做到极致绚烂。

很多年后，日本无数少女漫画家们都尊崇穆夏，模仿他的画法：简化少女们的面部阴影，只画大眼睛、长睫毛、樱桃小口，附加华丽带卷的长发与五彩缤纷的花朵。

将人类的五官抽象化到绝美，再加上其他美丽的装饰，未尝不是从穆夏这里得来的灵感。事实证明，无论是 20 世纪之后的普通人民，还是莎拉·伯恩哈特这样不朽的女演员，都喜欢这种简化又美化之后的、理想美的脸：这种先简化和美化的减法，再加装饰的加法，慰藉了多少少女心呢？

旺多姆广场与协和广场

从歌剧院出发，经过和平街，可以一直走到旺多姆广场。那里本有嘉布虔修道院，后来没了，修出了一条街，为了纪念1814年拿破仑败北，战争结束，起名为和平街。

——题外话，嘉布虔修道院（Couvent des Capucines），跟一种咖啡有关：意大利有所谓 Ordine dei frati minori cappuccini，中文译作"嘉布虔小兄弟会"，是教会某支派。这一派人，喜欢穿浅褐色袍子。意大利人后来搞出了种咖啡喝法，用奶泡打在咖啡里，色彩特殊，很像嘉布虔派的袍子，于是借了 cappuccini 起名——这就是卡布奇诺咖啡，cappuccino。

旺多姆广场最有名的，莫过于中央那根拿破仑用来纪念他奥斯特里茨之战胜利的记功柱——据说柱子用缴获的敌方大炮熔铸而成，柱顶的拿破仑雕像穿得仿佛恺撒，毕竟拿破仑一辈子都希望成为恺撒，让巴黎代替罗马。

富丽堂皇的丽兹酒店，其中传说如云。人们说普鲁斯特热爱这里。人们说可可·香奈儿住在那里，并在那里逝世。人们说海明威 1944 年住在那里，盟军进巴黎时，海明威喝了两瓶白兰地来庆祝。以及，当他第三任妻子要跟他离婚时，海明威在丽兹酒店里，把妻子的照片扔进马桶，朝照片开枪。人们说菲茨杰拉德在这里给一位美丽的陌生女士献上兰花，被拒绝后，他把兰花一瓣一瓣吞下。最后这个传说真假难辨，但有一点是真的：菲茨杰拉德写过一篇小说，描述了一个先纸醉金迷最后空空如也的梦幻故事——《一颗丽兹酒店那么大的钻石》。

我曾陪一位朋友及其母亲，在旺多姆广场周围散步；走累了，就在广场边上的小酒店要了吃的，"坐外面吃"。夏天，朋友想喝白葡萄酒，母亲皱皱眉，说白天喝什么酒呀！坐着吃喝时，我信手指点给那位母亲看：1997 年，英国戴安娜王妃在丽兹的帝国套房吃了顿饭，离开酒店后就出了车祸；还有啊，就在丽兹酒店斜对面的旺多姆广场 12 号，1849 年 10 月 17 日，肖邦逝世。

"肖邦？弗雷德里克·肖邦？"那位母亲问。
"是的呀。"
那位母亲沉默有顷，倒了杯酒，朝旺多姆广场 12 号举了举杯，一口干掉了。

旺多姆广场再往南，就是杜伊勒里花园：夏天那里会搭起著名的摩天轮，其他季节便是游人与跑步者的乐园。右转出杜伊勒里花园，便是协和广场。再过河，就是波旁宫：当年路易十四和蒙特斯潘夫人的女儿建造了波旁宫，风格仿照了凡尔赛的大特里亚侬；如今这个王家宫殿，乃是国民议会所在。类似地，协和广场 1757 年建造，六年后起名为路易十五广场，大革命时期叫作革命广场，到督政府时期改名为协和广场。这是巴黎最大的广场，如今广场中心矗立着卢克索方尖碑——那是 1830 年，当时奥斯曼的埃及总督穆罕默德·阿里赠与的。

如今站在协和广场，西可见凯旋门，东可看橘园美术馆，北是马德莱娜教堂，南是国民议会，四通八达。但历史书上会说，这片广场还叫作革命广场时，可没那么简单：

这里曾是刽子手桑松的舞台。

夏尔-亨利·桑松，18 世纪的法国传奇。他家祖上六代在巴黎当刽子手，杀人如麻。他自己曾想学医，最后还是上了行刑台。他是巴黎头号刽子手，私下里是个辛勤的园丁，花园被

旺多姆广场周边

方尖碑与远方的凯旋门

他布置得缤纷多彩，他酷爱调弄草药；他热爱小提琴和大提琴，他的至交好友托比亚斯·施密特，一个德国乐器匠，会时不时给他提供新的乐器。

五十岁那年，桑松的命运大转折：1789 年法国大革命后，王室被推翻，人民需要鲜血来确认自由。之前为路易十六国王杀各色不法分子的桑松，至此必须转过身来，处决王室成员了。

桑松非常理性地提出号召："我们需要断头台。"作为斩首的权威人士，他认真陈述了理由：大革命之后，杀人任务太重，老式的斩首，太累人了；养护斧子和刀具，也很麻烦，犯人一挣扎就容易出意外。

相比而言，断头台简洁、高效又准确，还能让犯人少受痛苦。他推荐了一个制作断头台的大师：他的好朋友托比亚斯·施密特。当年的乐器匠人，现在开始制作杀人工具。

1793 年 1 月 21 日，桑松斩了法国国王路易十六。传说他走到路易十六身后时，意识到自己站在一个空前绝后的位置上，终于忍不住，对他要杀的人说了句：

"您知道我将终结八百年的历史吗？"

传说路易十六，留下了一句符合国王尊严的遗言：
"闭嘴！执行你的工作！"
桑松处决了国王，将王后安托瓦内特留给了他的儿子小亨利。

如此这般，桑松亲手干掉了路易十六，然后用断头台解决了丹东、罗伯斯庇尔这些非凡的名字。一般认为，1789 年 7 月 14 日到 1796 年 10 月 21 日之间，他前后砍下了 2918 个人头。1795 年他五十六岁，儿子亨利继承了他；他又给儿子当了一年多助理，确认儿子可以尽职尽责、杀人不眨眼之后，才正式退休。他在十一年后逝世。

就是在这片当时叫作革命广场、如今叫作协和广场的地方，路易十六和他的王后安托瓦内特被斩了，刺杀马拉的夏洛蒂·科黛、法国革命的传奇人物丹东与罗伯斯庇尔被斩了，近代化学之父拉瓦锡被斩了。据说 1794 年夏，此地一个月斩首人数超过 1300。

传说后来，拿破仑召见过桑松，问他"你晚上能睡得着吗？"，毕竟他斩下过数千首级，亲手终结过八百年的王朝，砍下的头颅堆在一起，就是一本历史书。

据说桑松如此回答拿破仑：

"如果皇帝、国王和独裁者们晚上都能睡踏实，一个刽子手，又怎么会睡不着呢？"

很多年后，当协和广场不用再斩国王首级时，在 2006 年的电影《穿普拉达的女王》结尾，安妮·海瑟薇扮演的安德里亚，就是在这里，拒绝了名利的诱惑，面对上司打来催督她的电话，把手机扔进了协和广场的喷泉中，自由自在地走开了。2018 年夏天，这里是巴黎彩虹游行的所在。到了冬天，这里是圣诞集市的开头，总有大叔劝你喝一杯加了姜糖的热红酒，暖暖身子，然后，"去逛圣诞集市吧！"

奥赛：莫奈与德加，以及默朗

　　与协和广场隔河相望的奥赛博物馆，本是个火车站，1970年后才变了如今的样子。其巍峨壮丽自不如卢浮宫，现代风味与便利行走则大有过之。奥赛的藏品，论年代，也与卢浮宫遥遥对应：曾是法国王室居所的卢浮宫，藏品多从古代到 19 世纪；作为 19 世纪火车站的奥赛，藏品年代则从 1848 年至 1914年——现实主义、印象派、后印象派、纳比派。

就藏品年代与风格而言，奥赛实是个叛逆的时代。

您现在走进奥赛一楼，往右看，还是新古典主义学院派的一系列作品。这些完美的绘画背后，是19世纪前半段学院派代表让·奥古斯特·多米尼克·安格尔。他曾师从雅克-路易·大卫，学习新古典主义。他对米开朗琪罗那个描绘英雄与神的时代心向往之，又热爱拉斐尔完美圆润的风格，还崇奉17世纪上半叶的法国大师尼古拉·普桑。他的写生课坚持百分之百的精确训练，素描清晰，构图严谨，精益求精。以至于一楼右侧那一廊的作品，都是典型的新古典作风：用透视制造深度，在画布上勾勒出雕塑，题材庄重、严肃，有根有据。

当然不是每个人都喜欢，比如浪漫主义的德拉克洛瓦，比如后来的现实主义大家库尔贝——奥赛一楼左廊，就能看到库尔贝的画了。

浪漫主义的德拉克洛瓦小新古典主义的安格尔19岁，库尔贝又比德拉克洛瓦小 19 岁。1854 年，库尔贝写了一封信，吐露了他的心声：

"我希望永远用我的艺术维持我的生计，一丝一毫也不偏离我的原则，一时一刻也不违背我的良心，一分一寸也不画仅仅为了取悦于人、易于出售的东西。"

一年后，库尔贝在巴黎的一座棚屋里开了个"现实主义——G·库尔贝画展"。他无视和谐色彩与文雅题材，只画自己想画的。

与库尔贝同时代的志同道合者，都在奥赛一楼的左廊，比如巴比松画派的名家弗朗索瓦·米勒。米勒身处这些人里，日夜不停地行走于农庄，上山下乡，涉水观田，于是在其名作《拾穗者》里，虽说还不免有构图来制造韵律，但米勒确实选择了朴实无华的农村生活题材。其画坚实稳定、轮廓清晰。如米勒自己所宣称的，他不想讨好上流社会，毕竟：

"我就是个农民！"

米勒有个好朋友欧仁·布丹，喜欢在外省做户外写生。19世纪 50 年代的尾声，布丹对一个 20 岁的勒阿弗尔学生说："你不妨去巴黎试试。"

那个学生，就是生在 1840 年的莫奈。

当然，这就得到奥赛顶楼左转，去看莫奈、雷诺阿、马奈和他们印象派那一拨人的画了：那是奥赛博物馆这个宝藏的精华所在。

1863 年春天，作为官方机构的法国沙龙评审委员会，嗅到了巴黎艺术青年们的叛逆味道。噼里啪啦一阵切剁后，落选作品超过三千。外界呈请皇帝路易·拿破仑："不妨开个落选作品沙龙，让大家看看落选作品是何模样？"皇帝恩准，于是"1863年落选者沙龙"轰轰烈烈地开展了，观者如堵，大家都抱着"看看那帮家伙，画了些什么淘气画儿"的心态。

结果，成全了爱德华·马奈，以及他那些晚辈们。

马奈是地道巴黎人，父亲是内务部首席司法官，母亲是瑞典皇太子的教女，身世显赫。1856 年，24 岁，他在巴黎，有了自己的工作室，开始玩一些新派花样。在落选者沙龙上，他展出了著名的《草地上的午餐》。为了此画，他全家总动员：兄弟古斯塔夫·马奈、小舅子费迪南德·伦霍夫一起上阵当模特。这两位少爷加一位裸女，就构成了震惊法国的图景。画的前景处，户外草地，两个全副装束的男人，一个裸女。对比之强烈令人震惊。此前看惯裸女画的评论家，到此也不免暴怒，连拿破仑三世看了都光火，大叫："淫乱！"

当然，如今我们知道，这幅画是印象派运动的先声。

但在当时，这幅画被孤零零地攻击着，连同这幅画的裸女模特——时年十八岁的维多利亚·默朗。

1865 年，马奈的《奥林匹亚》——也曾叫作《黑猫》——被沙龙选中展出，再一次让世界哗然。全裸的默朗在苍白的床单上躺着，黑人侍从与黑猫在旁。这幅画脱胎于提香《乌尔比诺的维纳斯》，但马奈有意将默朗画得苍白到呈现病态，以别于提香的古典风范。

1865 年，法国画家费利克斯·布拉克蒙将陶器外包装上的北斋作品给年轻画家们看，令诸位倾倒。敏锐的马奈当时就融合浮世绘技法，完成了传奇的《吹笛少年》。那一年，35 岁的毕沙罗跟 25 岁的莫奈说，他最近在日本版画上很有心得，他认为那些东方配色沉静而稳定，"不会跳进眼睛里"。

　　莫奈显然记住了。

　　当时亨利·富基尔抨击说，马奈画中的道具没依照透视法，裤子也不是用布料做的。但马奈的后辈们却看到了别的：他们觉得马奈的作品，色彩对比夸张，放弃了细腻柔和的光影，人物的体积感由轮廓线产生。于是年轻的克劳德·莫奈和奥古斯特·雷诺阿开始动脑子了。

　　莫奈与雷诺阿这两个穷小子，19 世纪 60 年代初在巴黎，一度靠蹭饭为生。雷诺阿多年之后老了，还说多亏莫奈年轻时喜欢华丽穿着，他俩就靠一身好衣装，跑别人家去蹭饭，吃鸡、喝香贝坦红酒，快活似神仙……他们二位当时的创新，一反学院派新古典主义的素描作风，热衷于户外绘画：把握光影、空气情景，用细碎笔触描绘色彩。

说及印象派，有那么几个名字，永远高挂天顶：

克劳德·莫奈、奥古斯特·雷诺阿、卡米耶·毕沙罗、埃德加·德加……

他们的传奇，听起来也赫赫扬扬：1874年第一次展览，被认为离经叛道，还因为莫奈传奇的《日出·印象》，被嘲讽为"印象派"（对，这个词最初是嘲讽用的，就像"野兽派"似的）。

此后十二年，类似展览陆续开了七次，终于到20世纪，莫奈与雷诺阿活着就看到自己成为传说，看到自己的作品被国家收藏；而受印象派影响的梵高、高更与塞尚，各自成为新传说，毕加索还认为，塞尚是现代绘画之父……

多年后听来，这是艺术史上最传奇的故事：一群外来青年，以民间印象派对抗学院派，从此永久改变了世界对艺术的欣赏眼光。

但一切并不总是那么顺利。

这个小圈子最初的核心，由莫奈、雷诺阿、西斯莱与巴齐耶四人组成；毕沙罗、塞尚与德加这几位，是后来加入的了。这里头，埃德加·德加比较特别。

他大莫奈六岁，有钱家庭出身，早年在科班里学过，不像莫奈与雷诺阿，初到巴黎时还是野路子。

德加很推崇莫奈式的迅疾笔触，但对莫奈与雷诺阿的绚丽光影，兴趣就小了。当莫奈与雷诺阿两个穷孩子跑出门，到处描绘花园野地、浴场河流这些不要钱的风景时，德加却请得起芭蕾舞演员来给他当模特。

1872 年，莫奈在他老家诺曼底的勒阿弗尔看着海景琢磨《日出·印象》时，德加却能跑去美国，住在新奥尔良，舒舒服服地画画。

1873 年，莫奈公开呼吁：应建立一个新的艺术家团体，独立于学院派之外，应该搞个展览！当时雷诺阿的兄弟爱德蒙负责整理展览目录，忍不住说莫奈：

"你这都什么破画名？《村里》《出村》《勒阿弗尔的风景》？你不能起个好听的名字吗？"

莫奈："那，最后这幅，改叫《印象》怎样？"

爱德蒙："还是叫《日出·印象》吧！你们画家会不会起名字啊？"

1874 年春天，在巴黎市嘉布虔路 35 号，第一次印象派画展开始，立刻引来了巨大争议："这批人就是把几管颜料装进枪膛，轰两发上画布，签个名——这也叫作画！"评论家路易·勒鲁瓦先生举着莫奈的《日出·印象》，嘲讽说这批人是"印象派"——这么句嘲讽之语，意外地定义了一个时代。

两年后的 1876 年，第二次联展开始。因为第一次太不顺了，于是这次参展的不过十八人。好在卡耶博特、德加、摩里索、毕沙罗、雷诺阿、西斯莱诸位都还坚持着到来。塞尚缺席。1877、1879 和 1880 年，又办了三届。其中 1879 年开始，这批年轻画家开始自称"独立艺术家"——毕竟，那会儿"印象派"还是个骂人的词。到 1879 年 5 月 11 日，第四次印象派展览闭幕时，除了开支，净剩超过 6000 法郎，每个参加者分了 439 法郎。

当时乐观一点的年轻评论者相信：

"他们的艺术被普遍接受的日子，快要到啦！"

但也就是这次展览，塞尚、雷诺阿和西斯莱都没来。这意味着：印象派，已经不大一样了。

雷诺阿率先时来运转。此前他华丽的《煎饼磨坊的舞会》，是印象派的典范之作，至今在奥赛博物馆占一整面墙。到 1879 年，他的《夏尔潘蒂埃夫人和她的孩子们》，在沙龙中终于获得成功，而且他遇见了贵人：外交家兼银行家保罗·伯纳德，对他甚有好感，常拉雷诺阿去自家海边别墅做客。两年后的 1881

年，雷诺阿有了点钱，去了阿尔及利亚，又去意大利访问，遍访威尼斯、佛罗伦萨、罗马、那不勒斯、庞贝等地，加上结了婚，他的心情开始变了。1882 年，雷诺阿去为史上最伟大的歌剧大师瓦格纳画了像，开始出入上流社会了。去过了意大利、终于见识过拉斐尔的真迹后，雷诺阿也承认，自己之前误解了拉斐尔与安格尔。

也在此时，雷诺阿觉察到，印象派的内部变了。

1874 年，这群人的主心骨是他与莫奈，两个热衷于户外绘画、描绘光影的穷小子。但到 1880 年，这个团体的中心人物变成了德加。

19 世纪 70 年代，当莫奈和雷诺阿们热衷于创作户外风景画时，德加埋头于他招牌的芭蕾舞女、酒馆风貌与赛马。用大作家左拉 1880 年的总结："德加把自己锁起来了。"

1876 年，有位评论家认为，德加和莫奈看似处于一个画派，其实各执一端。他将德加比作学院派大师、素描之王安格尔，

《煎饼磨坊的舞会》，雷诺阿

而将莫奈比作德拉克洛瓦——而莫奈和雷诺阿，一直不喜欢安格尔。罗伯特·戈登先生更说：

"从那之后，德加似乎在刻意将自己与莫奈分开，而且会嘲讽莫奈那种在户外绘画的作风。"

1882 年，大城市人德加去海边的埃特雷塔：那里有天然生成、鬼斧神工的白垩悬崖，最有名的莫过于水流制造的三个拱孔。然而德加没在那里作画，却留下了这么句话：

"我眼睛可受不了这个，这种光线更适合莫奈。"

即，曾经以莫奈和雷诺阿为核心的印象派群体，已经被德加和德加的朋友们占据了前台；讽刺的是，曾经对莫奈们紧闭大门的官方沙龙，却正试图改变。

1880 年，莫奈送了两幅画作去官方沙龙评审委员会。德加为此深为不满，公开数说莫奈的妥协，并拒绝再与他共事。同年，第五次印象派画展，这一次，莫奈、雷诺阿、西斯莱、塞尚都未参加。出席的除了毕沙罗，基本全都是德加他们那一派的：德加自己，加上摩里索与卡耶博特。左拉当时旁观者清，已经明白了：

"印象主义集团，可能已经解体。"

1880 年 6 月，莫奈自己开了个画展，其间他宣布："我永远是一个印象主义者。"但与此同时，他提了另一个观点：

"这个小集团成了一个广大的俱乐部，涂鸦之辈都可以加入。"

一年之后的 1881 年，僵硬的官方学院派评审委员会鞠躬下台。一年一度的官方沙龙，由美术家协会组织。那正是 1873 年莫奈提出过的：应建立一个新的艺术家团体，独立于学院派之外。

后来，又一些年过去了。

19 世纪 80 年代起，德加的视力开始衰退，转向了雕塑与彩色蜡笔画。虽然还被列在印象派里头，但他的画越来越不印象了。

而用法国短篇小说之王莫泊桑（他和莫奈算半个老乡，他的名短篇《我的叔叔于勒》里的勒阿弗尔，就是莫奈的故乡）的说法，莫奈还是在这么玩：

"我经常跟着克劳德·莫奈去寻找印象。他已不再是画家，而是猎人。他走着，身后跟着一群孩子，他们帮他提着五六幅同一题材但在不同时刻画的、因而有着不同效果的画。他随着天空的变化，轮流拿起它们。这位讨厌弄虚作假和墨守成规的画家，面对着他的画，等待着、窥伺着太阳和阴影，他几笔就把洒落的光线和飘过的云朵采集下来，快速放在画布上。我曾亲眼看见他这样抓住一簇落在白色悬崖上的灿烂阳光，把它锁定在一片金黄色调中，使这难以捕捉的、耀眼的光芒产生令人惊异的效果。"

1886 年，荷兰人文森特·梵高来到巴黎。他那幅《吃土豆的人》，参与了印象派的第八次也是最后一次联展。梵高那幅画线条粗砺，色彩阴暗，幽深莫测，这是他早年的画风。但在巴黎，他亲历了印象派的光芒，接触到了日本浮世绘，见识了令他痴狂的浮世绘画家歌川广重的作品。1888 年 2 月 19 日，梵高离开巴黎，去了南方的阿尔勒。他一在那里安住脚跟，就给高更写信：

"我永远不会忘记初到阿尔勒之日的情感。对我来说，这里就是日本。"——他没钱像莫奈似的，造一整个日式花园、拱桥和睡莲池，所以阿尔勒就是他想象中的日本，就是他想象中的东海道。那年6月5日，他写信道："浮世绘的笔触如此之快，快到像光。这就是日本人的风貌：他们的神经更纤细，情感更直接。"那年10月，高更来了。然后就是世界都知道的历史：高更和梵高在一起画了两个月，走了；梵高失去了那只耳朵，然后继续作画，把他生命的最后两年，燃尽在了自然里。

在看到了歌川广重后，他如是说：

"看日本浮世绘的人，该像个哲学家、聪明人似的，去丈量地球与月亮的距离吗？不；该学习俾斯麦的政略吗？不。你只该学会描绘草，然后是所有植物，然后是所有风景、所有的动物，最后是人物形象。你就做着这一切，度过一生。要做这一切，一生都还太短。你应当像画中人一样，生活在自然里，像花朵一样。"

——梵高灿烂燃烧的心血，以及他的好朋友高更（他的故事，毛姆写在了《月亮与六便士》里）那离经叛道的画作，也都在奥赛博物馆的顶楼。当然，还有后来回到故乡普罗旺斯的艾克斯，在那里独自思考创新的塞尚。

1917 年，德加以 83 岁高龄逝世。同年，77 岁的莫奈在他著名的吉维尼花园，搞他那著名的大睡莲池画作。那时的莫奈，每天面对宽 183 厘米、长 366 厘米的超大画布，用大画笔做工，用淡紫和金绿打下基调，用极宽的笔锋来勾勒，偶尔也用细笔进行加工。很艰难，毕竟如他自己所说："这些水倒影画成了我的困扰。我是个老人了，这些画超出我的所能，可我还是想表达我的感受。"

早三年前，他的眼睛也不行了："红色对我来说像泥巴，橙色太淡，许多颜色都离我而去了。"

但莫奈到底还是在户外作画。那时距离他们初次展览，已过去四十多年；距离印象派分裂，也有三十多年了。他最好的中小型作品都在奥赛博物馆顶楼；而他庞大的睡莲壁画作品，则在奥赛博物馆对岸，杜伊勒里花园里的橘园美术馆。

怎么说呢？这就是奥赛博物馆。它记录下了一切：库尔贝、米勒、莫奈、雷诺阿们如何决然挑战学院派，如何在开启印象派的同时，拓出了一条全新道路，以至于塞尚、梵高和高更如何全面超越了此前的古典风格，而毕加索回首 20 世纪的艺术改革时说"塞尚是我们所有人的父亲"。

这风起云涌的一切，都在奥赛博物馆。

奥赛博物馆

2019年女足世界杯期间，我带一位长辈到王子公园体育场看中国女足对南非女足那场球，从加里利亚诺桥过塞纳河。长辈忽然诧异了："右边这是啥？是埃菲尔铁塔吗？"

我："是的呀。"

长辈激动了，停下拍照，端详片刻，对我说："没想到看个

埃菲尔铁塔

球，还能看见铁塔。"

我："在罗兰·加洛斯看网球，如果角度对，也能看到铁塔。"

长辈："哦！那罗兰·加洛斯远吗？"

我："不远，就在王子公园体育场隔壁。"

到王子公园看足球赛，是件赏心乐事，尤其在不那么冷的季节。

现场看球，并不一定比电视看球清楚。毕竟电视看球，镜头会体贴地，为你找到你应该关注的点。出色的转播机构，还能准确地切镜、转换、重放，巨细无遗地让你捕捉一切精彩的镜头。现场，坐在高处，比赛一目了然，但看不见细部。坐在低处，动作看得明白，但视野不宽。坐在角球区那种地方最微妙，另一端半场很容易看不清。且现场没有重放，经常你错看一眼，没看见进球，只见周围欢呼起来，也只好追着隔壁问："怎么进的？"

没有重放是最可惜的。某年欧冠，巴黎圣日耳曼对阿森纳那场，卡瓦尼开场第一攻就进球，我只看见门前一晃抢点得分，旁边有位迟来的还问我："怎么进的？"

但在现场，有些别的好：周遭有数万球迷跟你同呼吸共命运。如果你坐在铁杆球迷区，会被他们哄得根本坐不下来，全场狂吼。

许多电视球迷，通常只在攻防到对方三十米区域，或者要进球了，会兴奋起来，会"哎？"会直起腰。因为那是精华所在。但在现场，因为随时看得到全场，因为大家容易起哄，因为捕捉得到细小的动作，所以：每一个解围，每一个摆脱，每一次回防补位断球，每一个头球争到落点，球迷都会喊"好球！"，或者问："哎哎哎这个是有机会吗？"

进球时大家一样激动，但没进球的时候，现场球迷也有许多很细节的快乐。

电视直播时，大家更容易观赏到有球型的天才。但看现场，

王子公园球场

大家比较容易感受到那些无球猛男的好：拼抢、走位、争夺球权。

电视直播时，球迷是看得见全场的，很难代入到球员的视野；于是许多传球机会，电视球迷以为很平常；只有看到了全场，看到了所有站位，才会觉得，一脚出去 25 米到 30 米还能保持稳定和正确地给球，"怎么传出来的？"

电视看球时，总觉得"这个也就跑得一般快嘛"。但现实中看球，会感觉完全不同。大概电视会给我们添加一层"不惊讶滤镜"，无论转播里看到什么动作，都觉得理所当然；真到现实中看见，才会大受震撼："居然真有这样的家伙做得出这样的动作？！"因为到现场才会觉得，这些家伙是真人，而不只是影像。然后才会惊讶起来。我记得2016年夏天，兹拉坦·伊布拉希莫维奇要离开巴黎圣日耳曼时，王子公园为他放烟花；次年夏天，内马尔来到巴黎初战时，巴黎6比2获胜，全场为他欢呼。

于是就这样，比赛日，坐车到王子公园，看着一大群人沿街朝一个方向走去，街边的铺子卖着蘸芥末酱的热狗；比赛开始前半小时，球场已经塞满，满满当当五万人和你同呼吸共命运；等球员出场，全场齐呼每个球员的名字；比赛；激动、感叹、遗憾、抱怨；比赛结束，尤其冬天比赛散场时多近午夜，近五万人退场，自然只能坐公共交通：如果输了球，全车厢静默，偶或骂骂咧咧；如果赢了球，一路车厢欢歌。

在罗兰·加洛斯看网球赛，则是另一种感觉。巴黎每年有两大网球比赛，一是夏天罗兰·加洛斯的法国网球公开赛，二是深秋时节贝西体育场——如今叫雅高球场了——的巴黎大师赛：前者是户外，后者是室内。前者在巴黎西边，后者在巴黎东南，体验截然不同。

雅高球场也会举办篮球赛与音乐会——传奇配乐大师莫里康内的欧洲告别演出，就在这里举行；NBA巴黎赛，也在这里打过。一个完美的室内馆，旁边就是贝西公园与贝西桥，与密特朗图书馆隔河相望，哪怕不去看球，周边都是个有趣的跑步地段。

但终究法网是另一个级别的存在。

法网对网球迷而言，简直像个节日：还不只因为那是一项大满贯赛事。去罗兰·加洛斯，就像一场初夏游园会。网球迷

贝西桥之夜

每年攒着钱等那一刻。我某次打车去看比赛时，司机大叔一听地方："你去看网球啊？这段赛程还早，没那么好看。""您订的票是？""我订了半决赛的！"

现场看网球，当然也比电视上看起来明显得多：诺瓦克·德约科维奇对落点的判断和敏锐、快速地移动到位，后发先至转被动为主动的挥拍；安迪·穆雷的移动和稳稳的回球质量，以及狡猾的网前放小球，那都是外行人看一会儿就看得懂的。马丁·施瓦兹曼的双反直线，总是几乎擦着边线形成制胜球；孟菲尔斯华丽潇洒的击球，加斯奎特的单手反拍颇有费德勒的味道。

我记得某一年，穆雷和德尔波特罗第一盘抢七导致德尔波特罗输掉后，全场球迷都倒向了德尔波特罗，甚至唱起了"Let's go Delpo!"，而穆雷面无表情地，稳稳地，一个小球一个小球，调动着 198 公分的巨人。

我也记得那年，德约科维奇——那时他不太受法国球迷待见——与施瓦兹曼对打时，全场球迷在朝德约科维奇起哄，以至于裁判必须用法语和英语反复念叨，"请安静"。

以及，当然，拉法·纳达尔每次都在法网获得最多的掌声，而看他打球的动作，也让人心醉神迷。

罗兰·加洛斯最动人的，是阳光，以及红土。海明威曾说过，最好的斗牛士是阳光：在晴朗天空、明烈阳光下，斗牛场才最美丽。类似地，最好的网球手也是阳光：初夏阳光，照亮红土场、球场、观众席、蓝天，甚至远方的铁塔。经验老辣的法网球迷都会带着阳伞、墨镜和披肩，对付漫长的阳光。晒，但是，美丽。

红土场传统上来说，是碾碎的红砖铺的，上面是均匀的红土。球落下来，弹性更大，球速更慢，弹得更高。硬地球场可能一发是一发，双方对攻。红土场则更倾向双方持续地奔跑对打。也因此，拉法·纳达尔在这里才那么可怕：球弹得高，让他可以发挥那卓越的正手上旋——每一发都电闪雷鸣，每一发都全力以赴，每一发都落点深而刁钻，将对手锁在底线，回球浅软无力。

当然，也因此，他的肩膀比任何人都容易受伤——每一发正手上旋，都在折磨他的左肩关节，当然还有他的腰、膝和腿。

描述纳达尔最好的一句话，在我看来，是多年前他的宿命对手瑞士天王费德勒那一句，"他的每一拍都能获得优势"，每一拍，每一局，每一盘，每一场比赛，每一个杯赛，纳达尔都不欺场，每个瞬间都在尽全力。在红土场上，他每一拍都能消磨对手，压迫对手，重重叠叠，无坚不摧。漫画英雄一般的执拗，不死小强的血气，就像他小时候喜欢《龙珠》里的悟空，会在午休时专门跑回家看似的。

2017年我采访过网球名家克雷特加，他说：网球生涯是一场马拉松式的长跑。

纳达尔，也是。

2022年纳达尔拿到自己第十四个法网冠军时，用了很长很长的篇幅，对罗兰·加洛斯的每个人——包括球童、组织者——道谢。他说在他生命中最重要的球场——当然，他自己也是罗兰·加洛斯最重要的球员——拿到这个冠军意义非凡。

他的表达方式是，切换法语。

Merci beaucoup à tout le monde——谢谢所有人。

他说了三四次：Merci beaucoup。

在罗兰·加洛斯亲眼看到，你才能觉出，纳达尔和这片球场如何相得益彰。你会注意到纳达尔那些古怪的强迫症：尽力让右脚先迈过边线；总是用脚清理底线的红土；拉拽裤子；发球前弄弄（顶心已开始稀疏的）头发；休息时喝两瓶不同的水。他出场就能天然获得球迷的欢声。他休息时脱衣服，球迷们会故意（知道他会害羞）地啧啧惊叹。当比赛疑似要朝他不利时，满场静下来，然后，总有哪个角落球迷会拉长声音"拉法"，然后全场欢叫，告诉纳达尔：这是他的主场，声浪偶尔会逼得裁判请大家安静。

我唯一一次，没看到他在罗兰·加洛斯获得完全主场待遇，是 2019 年 6 月 7 日，法网半决赛，纳达尔对奶牛。那场一半人喊"罗杰!"，另一半人喊"拉法!"。比赛进行中，时不常出现如此可爱的场景：观众均等地为两个传奇鼓掌，不偏不倚；偶尔有一人喊一句罗杰或拉法，另一边就立刻回应式地吼起来，喊得夸张时，大家哗啦啦地笑。

2024 年法网首轮，纳达尔输给兹维列夫后，对观众说了很长一段话。

"难以开口，我不知道这是不是我最后一次在你们面前打球。我不是百分之百确定。如果这是最后一战，我很享受。"（比赛硬打了三个多小时）

他夸观众出色，说他感受到了观众的爱，说罗兰·加洛斯是他最爱的地方。

说他伤了两年，有时早上觉得被蛇咬，有时觉得被虎咬。他奋战两年，就是为了回到罗兰·加洛斯来打球。

他和罗兰·加洛斯之间，这奇妙的爱情。

香榭丽舍大道

巴黎最美的街道在哪里?

文学史上最善于炫富的角色基督山伯爵,在《基督山恩仇记》里,为了复仇,初到巴黎,在阿尔贝子爵的早餐桌上,接受全巴黎最豪富的青年们的建议。

出身贵族世家的夏托-勒诺建议他"去圣日耳曼区找一座迷人的公馆,带庭院和花园";内政大臣秘书德布雷建议他去昂坦堤道买房子,"那是巴黎真正的重心";巴黎首席记者博尚建议他去歌剧院林荫大道,坐在二楼阳台看全巴黎人从他眼皮下经过。

基督山当然要给出一个凌驾于这些选择的答案：他已经在香榭丽舍大道 30 号买好房子了。这答案理所当然吓坏了所有人。见多识广的记者博尚大叫："匪夷所思！"贵族世家的夏托-勒诺惊呼："王者气派！"

这就是香榭丽舍大道了。

香榭丽舍大道，L'avenue des Champs-Élysées，或者简称 les Champs，在巴黎八区。一般被当作巴黎最美大道……有些人相信这是地球上最美丽的大道。确切位置，在小巴黎的西北，长 1910 米，横贯东西。从协和广场——或者干脆点，方尖碑——一直延伸到夏尔-戴高乐广场。宽度是 70 米——30 米归车道，两边各 20 米的人行大道。实际走起来时，会比之前想象中要漫长：因为香街平直，又有戴高乐广场上那不朽的凯旋门指引，总让人觉得"再走几步就到了——等等，怎么还没到啊？！"

曾经并非如此。

最初，香榭丽舍所在的地方是无人居住的沼泽。当然不奇怪：公元 5 世纪，巴黎也不过是围绕西岱岛的一个半城半镇的小地方。佛罗伦萨的玛丽·德·美第奇嫁过来，当了法国王后，不想被局限在杜伊勒里宫里，想看远一些。17 世纪初，巴黎还不繁盛，于是建香榭丽舍大道的难度，主要是在路旁种满榆树与椴树。1616 年，香榭丽舍大道平行着塞纳河开张了。

所谓香榭丽舍，便是极乐净土的意思：那是美第奇王后幻想的大道。

半世纪后，巴黎进入太阳王路易十四时代。众所周知，路易十四酷爱炫富，崇尚土豪金，建造凡尔赛宫，还特意造了镜厅，好与当时垄断镜子产业的威尼斯一争短长。路易十四的园林大管家兼装饰大师安德烈·勒·诺特，一边忙着凡尔赛与杜伊勒里花园的园林，一边开始忙这条大路：从杜伊勒里宫的中央轴线出发，伸向如今属于协和广场的那片路，两侧加种大量的榆树，土地上加以草垫，以免被马蹄践踏得尘土飞扬。

当时这些路段，尚未被定名为香榭丽舍。当时的名字，先是王后大道——因为是美第奇王后要的嘛——之后便是 1678 年的御门大道，两年后改叫杜伊勒里宫大道，到 1694 年，香榭丽舍这个名字出现了，可是真正定名是在 1709 年。一种说法是，当局提这个名字，是在意这段大道的历史：曾经这里是沼泽地，被认为有对女性不洁的隐喻。所以，务必反其道而行之，起一个圣洁辉煌、清新脱俗的名字——香榭丽舍，就是极乐净土嘛。

18 世纪，法国王室多少走过了路易十四的土豪金炫富时代，开始走典雅清秀路线，体现在市政规划上，不再热爱宏丽，倒是追求秀雅。大道继续与塞纳河平行着，并被继续延长。走在 18 世纪初的香榭丽舍大道上，榆树与椴树已经成荫。由东向西走时，大道南侧即左手边，便是塞纳河——虽然并不算近，但河景与树荫，还是挺让路易一族开怀的。只是香榭丽舍大道北侧即右手边，还有些郊区村庄。1722 年，这些村庄被逐渐控制。

1765 年，香榭丽舍大道右侧空了出来，于是马里尼侯爵，皇家园林总监，开始建设大道右侧的景观，以及如今的蒙田大道。九年之后，香榭丽舍大道被扩展到了如今的长度：接近两公里，成了一条从杜伊勒里宫出发、与塞纳河平行、右侧恢宏华丽、左手塞纳河的大道。

坏消息是，这几十年的建设期间，巴黎人民也没闲着。此地最初是沼泽，巴黎人将这种污秽泥泞的氛围形容为妓女的怀抱，妓女们真也没辜负这名字，在这街上大肆招徕顾客。"香榭丽舍"这个极乐净土的名字，反而勾引巴黎的坏小子们的兴趣。毕竟，在皇家大道上勾搭妓女，比在小胡同里勾引妓女，更合年轻人的逆反情绪。马里尼侯爵也寻思，好一条大道，不能净便宜了娼妇们。1771 年，建设香榭丽舍大道时，他老人家顺便给开了几处公园，可惜公众不领情：大晚上的，公园都被妓女们占领了，良家妇女和绅士老爷也不好意思晃荡，不然被人看见，就是："哟，您又大晚上去香榭丽舍嫖妓啦？" 1777 年，宫廷特意组了一队瑞士雇佣兵来巡逻，可惜这也没能把风流的夜莺们给阻绝。

微妙的是，由于香榭丽舍的风情名动天下，人们也接受了"沿着大道走走，然后去红磨坊看几场去"。虽然这段日子，不算长久。

真正让香榭丽舍生机焕发的，不是风流肉欲或皇家声威，而是雷霆震怒的法国大革命。1789年大革命时，路名终于被锁定为香榭丽舍大道，再未更改。1789年10月5日，比利时歌手兼演说家安妮-约瑟夫·戴洛瓦涅·德·梅丽古尔，保皇党口中的"妓女爱国者"，带领革命群众，沿着香榭丽舍大道直奔凡尔赛，意图擒拿路易十六。这一天后，香榭丽舍大道成了恢宏传奇的革命之路。1791年6月25日，路易十六意图逃出巴黎，被捉回来后，也是从香榭丽舍大道被一路押回来的，路两旁的群众欢声高歌："革命万岁！""香榭丽舍万岁！""砍掉国王的头！"这话不是白喊的：香榭丽舍大道的起源处，伟大的协和广场，在大革命期间是断头台的所在。无数不朽的头颅滚落在地，落在香榭丽舍大道的一端。

而另一端，即将迎来其辉煌的巨门。1805 年 12 月 2 日，拿破仑在奥斯特里茨击败了俄罗斯人与奥地利人——也就是托尔斯泰不朽史诗《战争与和平》开头那段——至此，法兰西的国威达到空前绝后的顶峰。1806 年 2 月 12 日，拿破仑宣布：他要在香榭丽舍大道西端，与协和广场遥遥相望的星形广场——如今的戴高乐广场——兴建"一个伟大的雕塑"。很可惜，这个工程要过三十年才成真，到拿破仑死去十五年后，这个"伟大的雕塑"才落成——嗯，那就是凯旋门。

这就是香榭丽舍大道真正形成的故事——大革命，以断头台血流如注的协和广场开始，以拿破仑威武不群的凯旋门为终。每次伟大事件，百万群众都在此瞻望。

然而，那风起云涌、电闪雷鸣的岁月过去了也就过去了。1814 年 3 月 29 日，拿破仑已经败北，俄国沙皇亚历山大一世，普鲁士国王腓特烈·威廉三世和施瓦岑贝格亲王，在爱丽舍宫

凯旋门

附近——就在香榭丽舍大道右手边——俯视这条大道：他们是胜利者，他们亲眼看见拿破仑的时代结束了。

大革命期间，也不是没有过好事。人民要革命，也要吃饭。远在大革命之前，大道上就有馆子开业了。1800 年，大使咖啡馆开张，其他馆子开始跟着。1792 年开张的勒多扬餐厅至今还开着呢。

当然，大道上依然不算安全。1804 年，拿破仑加冕前夕，有位叫作菲利普-勒邦的先生，就在香榭丽舍阴暗的灌木丛中被杀，讽刺的是，他是煤气照明的发明者，照亮了别人，自己却倒在幽暗中。

1834 年，香榭丽舍大道旁边建起了步道与花园，新的植被与喷泉也起来了。1839 年，著名的四季喷泉被建起，当时欧洲人一致感叹，乃是"人类史上仅见的美景"。

当然，美丽的不只是街道。两年后，在马里尼广场，马戏团开始演出：可以容纳多达六千观众前来观赏。

1855 年，第一届世博会在巴黎召开，理所当然，香榭丽舍是重头戏：一座直径 40 米、高 15 米的原型全景画大厅被建起了。一年后，大道两旁添加了雕塑与路灯。从此开始，大道开始了一个疯狂的工业建设期。当时，大师维克多·雨果，一个狂热的古典建筑爱好者，一度担心大道会被工业化毁灭。事实证明，他不必担心。

马里尼广场的演出场所声效极佳，容得下马戏团演出，甚至柏辽兹也能在那里开音乐会。1855 年，规划师希托夫先生又在加布里埃尔大道与马里尼大道旁边建起可容纳六百人的演出场所，奥芬巴赫曾在那里上演歌剧——1880 年，这地方建起了一个新演出场，沿用至今。爱丽舍广场则建起了华丽的咖啡馆，可容纳歌手们演唱，那就是如今的加布里埃尔会馆。大使广场上，那早已耸立多年的大使咖啡馆，一度被改成大使剧场和大使餐厅，如今是皮尔·卡丹中心……总而言之，工业化让香榭丽舍变成了一个夜夜笙歌的所在，一条真正的大道。

　　如今您从卢浮宫出发，穿过杜伊勒里花园，走到协和广场，就可以看见凯旋门；再一条线朝着凯旋门走，就是在走香榭丽舍大道。

　　——当然，中间也有其他的美景。

　　亚历山大三世桥是全巴黎最美的桥，金碧辉煌。亚历山大三世自己1894年逝世，他儿子尼古拉二世1896年为桥奠了基。桥过去便是大皇宫与小皇宫。大皇宫是1897年兴建的，为了赶1900年世博会，带着折衷主义风格：毕竟当时新派喜欢钢铁与玻璃的建筑，如埃菲尔铁塔；老一派喜欢石头建筑。大小皇宫都是钢铁为骨，石头为衣。喜欢的人会念叨说是"共和国为法国艺术的荣耀而奉献的纪念碑"，讨厌的人会慨叹，"这就是个大型火车站！"事实上大皇宫也挺实用：一战时，这里曾是营房

大皇宫里偶尔也可以溜冰

与临时医院；二战时，这里曾被征用来存放军用车辆。所以如今大皇宫门侧，还留着戴高乐将军昂首阔步的雕塑——都是经历过二战的人嘛⋯⋯

在阳光好的春夏时节，这时走在香榭丽舍大道上，是种轻柔的享受。你可以一直朝着凯旋门走去。沿街有老拍卖行，有豪宅，有过去的各色传奇咖啡馆，有从上世纪黑白电影时代就开始卖马卡龙的咖啡馆，有雷诺专卖店（停着华丽的跑车），有卡地亚和 LV 专卖店。30 米的车行道，两侧各 20 米的人行道，不太会感到拥挤。全世界的行人都在这里晃荡，购物，拍照。

据说香街北侧客流量比南侧高出三成——因为北侧阳光更好。

当然，香街别有一副处变不惊、天塌下来也不奇怪的气质。某天我去一家汉堡店坐下时，店员若无其事地说，前几天似乎又有人去抢香街的卡地亚了，一群人就是从这家汉堡店门前跑路的。

"卡地亚损失大吗？"

"不知道，他们有保险吧。"然后店员走开了。

曾经起名叫香榭丽舍大道时，巴黎人大概希望它属于王室贵胄。然而那些传奇都消散之后，只有大道本身留了下来。

雅克·希拉克1982年担任巴黎市长，曾引进一种机车来清理香街狗粪；到2002年知难而退，改为逢狗拉屎主人不清理便罚款，最高500欧元。1989年希拉克重整了香街；1998年作为法国总统，他目睹了法国队拿下1998年世界杯冠军后，在这里欢庆；又四年之后，他在香街遇到了袭击——作为曾经的巴黎市长、后来的法国总统，他的命运总也和香街息息相关。

朋友间经常开玩笑：都说香街只有游客才去，但真压抑了，就会去香街走一遭。楼层又不太高，天气晴好，你很难感到压抑。林荫的意义就是：时刻提醒你，你生活在自然中。某种程度上，从美第奇和勒·诺特先生开始，香榭丽舍大道已经建立

沿香街一直走

起它的精神，大革命又再点缀了一次：这是一条自然的道路，属于人的道路。一如巴黎这座城市，属于人，属于在这里自由行走的人。

对一条大道，最好的欣赏方式不是崇敬或膜拜，而是悠闲地散步：为了树，为了阳光，为了宽敞的空间与街道两旁绞尽脑汁装饰橱窗的现代商业，为了黄昏时分在凯旋门后落下的暮色，为了入冬时满街排开贩卖香肠、肥皂与热红酒的商铺，为了在凯旋门回头还看得见协和广场旁的摩天轮。

为了逛街的乐趣，纯粹的，逛街的乐趣。

凡尔赛

中文互联网有句流行警句，大家都爱引用。"那时候她还太年轻，不知道所有命运馈赠的礼物，早已在暗中标好了价格。"出自茨威格《断头王后》。这句话的英文版也很流行，大家都很爱用这句话来做警句：

She was still too young to know that life never gives anything for nothing, and that a price is always exacted for what fate bestows.

但原文实是德语，也有前因后果，并不是凭空这么一句。在《断头王后》第九章《特里亚农》（Trianon）那一章开头，您会读到：

Mit ihrer leichten, tändelnden Hand faßt Marie Antoinette die Krone als ein unvermutetes Geschenk; noch ist sie zu jung, um zu wissen, daß das Leben nichts umsonst gibt und allem, was man vom Schicksal empfängt, geheim ein Preis eingezeichnet ist. Diesen Preis denkt Marie Antoinette nicht zu bezahlen.

玛丽·安托瓦内特用她轻盈的手握住了王冠，这是一份意外的礼物，她还太年轻，不知道生活不会免费给予任何东西，从命运那里得到的一切都暗中标上了价格。玛丽·安托瓦内特并不觉得她会为此付出代价。

茨威格在段尾总结：她享受了，又不想付出。她希望一切都随她的心愿，又不受骚扰地顺从她的任何欲望。

这个所谓礼物，这一处小特里亚农，如今依然在，是凡尔赛中一处属于玛丽·安托瓦内特的小天地。她在此大概享受了十五年，然后被推翻，被斩首。

安托瓦内特的天地

且说从头，说到凡尔赛，法国国王路易十四是 1682 年搬进凡尔赛宫的。时年 44 岁，登基已有 39 年。凡尔赛并不大，1623 年——在中国，是魏忠贤当东厂长官那年——这地方成了法国皇家狩猎场。为了打猎后住着方便，法国国王路易十三开始修建凡尔赛宫。

当然，凡尔赛如今是皇家园林。跟中国园林移步换景的趣味不同，凡尔赛，尤其是玛丽·安托瓦内特王后的爱好之一是把凡尔赛搞成"一个有植物掩映的起居室"，追求的不是真实，而是美丽与诗意，兼具田园牧歌的美好与生活的便利。所以也不妨将凡尔赛看作一个巨大的、有园林风貌的会客厅。

路易十四为啥好好的巴黎不住，要住凡尔赛呢？

一来是，巴黎市区紧窄，弗朗索瓦一世他们都住卢浮宫，宫廷也不开阔，想玩点啥都施展不开。

二来，就得说投石党事件了：路易十四刚登基时，母后摄政，红衣主教马扎然辅佐。孔代亲王闹事，是为投石之变。十岁的路易十四曾连夜逃离巴黎。我很怀疑这事给他留下了终身阴影。后来路易十四亲政时，不再用首相，亲自掌权。君权神授，天无二日民无二主，自己就是万王之王。具体做起来：削藩，打压贵族，重用中产阶级。他指望法国境内从此没有诸侯，只有廷臣。

营建凡尔赛，也是这种巩固措施的一部分。

搬到凡尔赛之后，路易十四就开始营建奢华风格。

比如，凡尔赛宫有个镜厅，是路易十四拿来摆阔气的。

——镜子有什么好摆阔的，还特意镶金戴银地把玩？

——在 16 世纪到 17 世纪，欧洲只有威尼斯一处所在会制镜子，威尼斯人守口如瓶，把这秘密遮盖得比可口可乐配方还神秘。法国财政大臣柯尔贝尔使尽计谋，终于从威尼斯偷运出几位匠人，回到巴黎，开始制镜，路易十四大喜。那时他老人家正不惜工本，大造凡尔赛宫，吹嘘自己如何光芒万丈，于是特意在凡尔赛造了一列镜厅。巴洛克风格五光十色的黄金卷纹，配着一片片镜子，要的就是绚丽夺目。

比如，文艺复兴那会儿，欧洲家具基本不流行镶嵌技术，主要靠雕刻：在家具表面上刻出美女、狮子、海豚、叶子、藤萝，所以您家里家具连起来，可以开个动物园。晚上睡觉时，都不敢起夜。到了 17 世纪，法国人开始用黑檀木来做家具镶嵌；路易十四那会儿，流行用黄铜、象牙、骨质、贝壳、天青石、黑曜岩、大理石、犀牛角那些东西镶嵌家具。把东西做得金灿灿、螺旋、奔放、华丽、璀璨。

凡尔赛官方网站提到过，路易十四一天的行止：

8 点半，起床。医生拜访过之后，就有个起床仪式。百来个宫廷重臣来，看国王梳洗刮胡子，着装，喝早餐汤。

10 点，国王穿过镜厅，照样一群人围观。有些宠臣有机会跟他说几句话，写个纸条啥的。然后他去教堂坐着，听乐团每天谱的新曲。

11 点，国王回自己的房间开会。周一周三周四周日是国政会议，周二周六是金融会议，周五是宗教会议。

13 点，回自己卧室吃饭。

14 点，国王可以去花园溜达，也可以去打猎。

18 点或 19 点，写信，看文件。

22 点，一大堆人围观他与皇室成员吃晚饭。吃完了再有些乱七八糟的礼仪，与亲友们交流一下。

23 点 30 分，上床仪式，睡下了。

这一切当然都不是他一个人操作，那都是前呼后拥、从者如云的。宠臣们得追求这种资格，甚至以能旁观路易十四蹲他那个天鹅绒金马桶为荣。

话说，路易十四在凡尔赛，如此炫富，这么造作，这么把自己神化，是钱多了烧的么？是膨胀变态了么？

也不全是。

对路易十四而言，凡尔赛比巴黎开阔，地方大。与此同时，各地诸侯贵族都搁这儿，比较容易控制。大家在凡尔赛，忙着一天到晚参加舞会、宴席，搞庆祝，邀宠。钱都砸这块了。

奢侈品的用途之一，是社交距离、阶级划分。哄着贵族们把钱和时间都用在摆阔炫富邀宠上，路易十四自己成了高高在上的裁断者，让所有诸侯都忙着烧钱讨好他，如此一来，法国反而就太平了。

当时，路易十四还试图劝诱过当时在意大利的大音乐宗师维瓦尔第——众所周知，维瓦尔第和巴赫、亨德尔是巴洛克时代三大宗匠。

在罗马营造圣彼得广场等恢宏工程的大宗师贝尼尼，也被路易十四邀请过。威尼斯大画家委罗内塞的大型油画，也被路易十四大批量订购过来。

路易十四甚至还在凡尔赛宫坐中国式的轿子，并收藏大量中国瓷器，引以为荣。

加上之前的镜厅，这就是路易十四的心得：是要跟教皇争气象，让巴黎代替罗马，成为欧洲的中心。

"教皇在意大利什么做派，你们就给我在巴黎，整个更牛的！"

一切看似夸张的炫富，背后或多或少，都有些其他目的。

话说回来，自诩为太阳的路易十四，其实在凡尔赛措辞说话，也不那么浮夸。现在能看到的书信和语录，大多都很讲究遣词造句。以至于19世纪王政时代已成过去，许多老派学者还时不时会提起，说凡尔赛的廷臣们，那是真会说话。既能显出贵气，又能不失风度。

一般惯常的凡尔赛口吻，大概是这样：

亲爱的张佳玮：

我谨代表法兰西国王路易陛下与您通信。上周您进呈的红烧肉食谱，陛下甚为欣赏，极有兴趣与您进一步接触，希望您能来继续为他烹饪红烧肉。

陛下另有一个不情之请。陛下素来关心民众福祉，希望能为全国的穷苦家庭出力；陛下悉知您也在推广懒人红烧肉食谱，深觉不谋而合。

为了让吃肉的快乐广泛传播，陛下建议您不妨考虑来到凡尔赛，将懒人红烧肉的食谱教诸各位贵族。您的回答将由我呈交陛下，陛下等候您对我们美好未来期望给予的积极回答。

此书信谨致以红烧肉爱好者的您，并寄托我与陛下的深情与敬意。

亨利·德拉夏瑟伯爵，崇高的陛下路易十四之秘书

这是 17 世纪到 18 世纪，凡尔赛的口风。当然咯，如上所述，这种风度，本身也是一种姿态：让大家都学着这么说话，学不会就低人一等，也是一种手段。一切炫富与姿态的调教，背后或多或少，都是为了划定阶级，更好地控制。

当然，凡尔赛对我而言，除了偶尔假日可以去看一看的巨型宫殿园林外，别有一重意义。

2017年初冬，我坐小火车，去毗邻凡尔赛的某农场骑马。农场颇大，容得下几匹马散步放养，争风吃醋；容得下四只鸭子并排走路，看见人就饶有兴致地围观；也容得下一窝野猫。

众所周知，猫妈妈养了一段时间孩子，便会母性消退，驱赶孩子。冬天，猫妈妈的三个孩子，老大老二都膀阔腰圆、威风凛凛；最小的那只小母猫相形之下，柔弱娇嫩。农场主隔三差五来，给猫们喂一盆猫粮。猫妈妈与老大老二埋脸入盆，吃得吱吱有声；小母猫在外围转着，嘤嘤柔柔地叫一声，也想分一杯羹。大哥二哥回头朝它"唬"一下，它就回头跑几步，呆呆看着，等着妈妈和兄长吃饱，才吃点剩的。

但它对人类有奇怪的好奇心。我在骑马时，它穿过栅栏，过来看着我们：马，人，草地。我朝它伸手，它呆呆地看着，小心翼翼地用脸蹭了蹭。我要走时，它在大柳树下看着我，又柔柔地叫了一声。

猫与马的友谊

入冬了，天气寒冷。我出去跑步，已觉朔风如刀。看公园里鸭子们都抖抖索索，我想起那只小猫来。我知道养猫有多麻烦，不太想真养……但是入冬了，那只小猫怎么办呢？

我带了一个宠物专用包，坐上小火车去了凡尔赛那个郊区农场。远远看见大柳树了，听得一声叫，再看，小母猫已经朝我跑来了。我抱起它，先喂了点猫粮，摸摸它的脑袋。我拉开猫包拉链，它自己钻了进去，还挺享受似的趴平在绒毯上。我拉上拉链，朝车站走。

它大概觉出不对，开始哀声叫唤，挠包；我上了小火车，料它逃不走了，拉开拉链，它伸出脑袋，呆呆看我。我也不会猫语，只好柔声对它说："乖，带你去一个暖和的地方。"

从此直到我进家门，它在猫包里一声都没再吭。

猫猫到家的第一天，看见猫粮盆如不要命，胡吃海塞，须臾不停，让我想到杰克·伦敦小说里，那个饿过之后胡吃海塞，还在被褥枕头下面藏面包的人物。我让它看了看备好的猫砂；

第二天早上，它喵喵叫着把我引到洗手间，让我看猫砂——它已经排过便，又扒拉过猫砂了——仿佛在怯生生跟我说："你看，我这么操作对吗？"

我给它喂了一嘴鱼干，它高兴地舔了舔我的手。

经过了头半个月的报复性暴饮暴食，猫猫变得放松了。大概发现了猫粮取之不尽用之不竭，发现了主人对它的好并不是片段给予的，它变得温和了。我在灶台做饭时，它呆呆地在旁打量，疑惑地闻闻食材——猫猫不偷吃，它只是总带着种"不可以瞒着我偷吃好吃的哟，我要看着"的神气。

若和我同去逛街，买了玩具，买了猫窝，买了自动喂食器，买了自动饮水机。玩具，猫猫玩得很开心：它喜欢练习狩猎技能——虽然这辈子未必用得上了，但依然乐此不疲地来回奔跑，时不时朝我们叫一声，俨然"你看看，我可能耐了！"。自动喂食器每天定点一响，它就下楼去吃；饮水机，它瞧着新鲜，会像文人墨客看小桥流水似的，长时间看着流动的水，小心翼翼地舔一舔，再舔一舔。

随后那个冬天，我经历了几年来最深的一次季节性情绪失调——原先就有这毛病，1月下旬加深了。我自己一向的对抗方法，是提升光线，提升体表温度，是喝水，是好好睡觉，是自己做饭摄入大量蛋白质与水果，是收拾屋子，是运动。但在这年冬天，这些招都不太有用。尤其是，猫猫总是在凌晨五点半就挠我起床，让我缺睡。而缺睡对抑郁是加深的。

但我回头想了想。
既然猫猫可以接受从农场到家居的环境变化，我大概也……可以？

我开始每晚提前到十点甚至九点半睡觉，次日五点半起床。天还没亮，喝一碗粗绿茶，开始写东西。其间，猫猫有时跳在我膝盖上睡回笼觉，有时嘤嘤叫着要吃鱼干。我经常在早上八点半就完成了当天需要的大多数写作内容，然后可以安心地继续给它营造生活环境——"不要抓！给你把玩具装好呢！""不要舔！！这不是吃的！！！"

二月到三月，我翻译完了一本法语画册，写完了一本书。猫猫到了三月中旬，也终于可以放弃一点依赖了——它乐意躲到钢琴凳下的猫窝去躺一会儿，不再一味跟屁虫似的跟着人转。

2018 年 3 月下旬，我回上海见朋友。说起猫猫，眉飞色舞。说到怎么给它构筑生活环境，说到怎么把它从农场的寒冷环境里带出，让它变成一只温柔的猫猫。朋友提醒我：

"你好像也变了。"

"是吗？"

"嗯，真的变了。"

我想想，似乎，是的。

当我给猫猫构建它的世界时，也是在改变自己，构建一个自己同样生活在其中的世界。它成长了，与此同时，我也多少成长了。虽然我这个年纪的成长与它这样几个月小野猫的成长，不可同日而语，但终究是，成长了。

亲爱的猫

法国大餐

　　偶尔有朋友问我：巴黎人每天吃法国大餐吗?

　　——其实普通巴黎人，很少吃法国大餐。就像一个普通中国人，也不是天天吃满汉全席。

　　法国这地方还不叫法国的时候，法国大餐自然也影踪全无。法国如今这地界，本来叫高卢。罗马人把高卢当蛮族。现在全地球都知道法国红酒可以摆谱，虽然新世界红酒价廉物美、意大利和西班牙红酒产量丰厚，但法国红酒还是最霸气，然而往前推两千五百年，高卢不产葡萄酒：他们往罗马那里送盐、铁、锡，外加每年两万名奴隶，换罗马人的葡萄酒。在恺撒带着罗马军团，荡平高卢之前，高卢人跟罗马人，累计买过一亿瓮——确切说，是特制的双耳尖瓮，好插在泥地里固定起来——葡萄酒。

不只是葡萄酒，高卢人的饮食法则，大多跟罗马人学的。罗马有些记录说，高卢某些部落，对饮食粗糙到这地步：他们把调理饮食和收拾家具，都用一个词表示——就这么粗气。

罗马饮食给法国饮食留下的痕迹，在公元 4 世纪末的一些食谱里有若干记录，罗马人当年吃着，如今法国人还在吃的，包括：

动物肝酱、烤串儿、肉肠、布丁、腊肠、白煮鸡、火腿等等——一言以蔽之，就是跟肉蛋奶较劲。

中世纪，法国人在吃东西上，开始有南北分界。比如北边的诺曼底，贵族爱喝肉汤，也时不常烤个野猪、宰个天鹅啥的；

南方饮食，还是学意大利和西班牙，用石榴、柠檬等各类水果来调味。中世纪物资短缺，于是法国贵族吃东西，和全欧洲路数一样：崇拜东方香辣料，但凡是生姜、肉桂、肉豆蔻，不管新鲜与否，撒起来不要命，连酒里面都要灌上点，有味儿。又因为那时候，生活比较单调乏味，于是格外需要刺激：烤个野猪，都要用植物汁液和蛋黄，把个野猪一半染绿，一半染黄，大概好看比好吃更重要，也因为实在调理不到多好吃。

平民阶层在中世纪晚期，主要把面包当主食。面包在法国人生活里太重要，还不只用来吃：中世纪时，法国人会直接拿干掉的面包当盘子使，许多菜就放在一大块案板大的面包上，端上桌来。大块面包中间挖掉一块，露出碗来大的空当，甚至可以拿来盛汤。

面包是主食，菜呢？法国人也吃吃大葱、韭菜、牛肉、羊肉、猪肉和各类鱼。中世纪，热食甚少，新鲜肉也不多，好处是上桌也不烫，大家撒开胳膊，用手指揸着吃。

法国人缺肉食到什么地步呢？到了 16 世纪，哥伦布都发现新大陆了，法国那边亨利四世还在发布承诺，要让法国人民实现以下梦想：

"每家每周，吃一只鸡！"

话说，法国人那会儿有钱人家，也不会一家围着一只鸡打转了。正经请人吃饭，菜总在三道到十二道之间，但那会儿法国人吃饭，没什么餐桌礼仪，16 世纪前，法国人讲究：一口气把菜上全了，堆得满桌都是，然后，大家用手吃。

——您听出不对来了：这跟今时今日摆足架势的法国大餐，可是全然相反啊！

先前说了，高卢人吃东西，许多是罗马人教的，类似地，现代法国饮食，意大利人帮了许多忙。意大利人 11 世纪就用上刀叉了，到 16 世纪，凯瑟琳·德·美第奇从佛罗伦萨嫁到法国来当王后，不辞辛苦，带了许多文艺复兴的宝物过来，让法国人开了眼界：哟，冰淇淋！哟，香水！哟，刀叉！

——1538 年之前，法国宫廷里没有陶瓷餐盘。也不太用刀叉。

也不能嘲笑法国人土气。1611 年，也就是明朝崇祯皇帝出生那年，英国旅行家托马斯·科里亚特先生写了本书，说他在欧洲大陆看见神奇的东西：

一个是伞（那时英国人不认识现代的伞）。

一个是意大利人吃饭时用的刀叉。

英国人对此大惑不解，战战兢兢。此后一百年间，英国乡村对刀叉都有微词，许多老派人，还坚持用手吃东西。乡绅们觉得：刀叉大了，容易割伤舌头；小了，太不男子气；安全又男子气的吃法？还是用手吧。

——科里亚特先生跟莎士比亚同时代了。您想象得出来，莎士比亚那双写出 37 部伟大戏剧的双手，就直接抓着食物填肚子呢。

大航海时代拯救了全欧洲人的舌头与肠胃：火鸡、巧克力、咖啡、土豆、西红柿、四季豆、玉米，都上餐桌了。之前法国人吃东西，主要是跟各类肉蛋奶较劲；到17世纪，法国厨子把一切蔬菜都当作宝物。但他们也有自己固执的一面：直到1772年之前，法国人都把土豆拿来喂猪，并且觉得，世上只有两种生物吃土豆，一种是猪，一种是英国人。

　　也是在17世纪，法国人开始正经吃餐后水果了：虽然新鲜水果难得，有时只得用蜜饯代替，但至少法国餐里，开始有了"餐后甜一甜嘴"的概念了。"这顿吃得不够满足？上甜点！"

　　路易十四朝，弗朗索瓦·皮埃尔这位厨子编出了《法国厨师》这本书，五年内加印十二次，开始了烹饪书籍在欧洲的畅销。自那以后，法国饮食才渐成体系：减少东方调味品、大量用自制调味汁、果酱和果冻的出现……到此，法国餐饮，大概有了理论雏形。

　　18世纪，欧洲人物质稍微丰足了些，贵族们逮了机会，舍命吃肉蛋奶。香槟、鲜奶油和蛋黄酱都入了法国菜谱，后来这些习俗也流到了英国——虽然英法常年打仗，但到 18 世纪末 19 世纪初，英国贵族也以讲法语、吃法式菜为荣了。

那会儿贵族吃得多油腻呢？英国的威灵顿公爵，就是后来滑铁卢搞定拿破仑那位，在他老人家胃口不那么好的日子里，早饭只吃以下东西：

两只鸽子、三块牛排、四分之三瓶摩泽尔葡萄酒、一瓶香槟，其他面包和茴香酒等再说。

您看出问题来了……嗯，如富凯、孔代亲王这样的 18 世纪法国大佬，吃饱喝足了肉蛋奶，一个个晚年苦于痛风。18 世纪后半叶到 19 世纪初，诸位大佬的画像都是红光满面、脑满肠肥，绝非偶然。

真正让法国餐饮业腾飞的契机，非常地妖异：

先是 1765 年——乾隆皇帝那年五十四岁——巴黎有位叫布朗热（Boulanger）的先生，开了个店叫 Bouillon。桌子分开，有菜单，提供肉蛋汤，说是所谓 restaurants，这是法语，英语叫 restoratives，意思是：补剂。

您大概注意到了：restaurant，这不是现代"饭店"的词么? 是。这个店就是现代第一家饭店了。

又二十一年后，一位叫安托万·博维利耶的先生，开了家奢华的饭店：装饰高档、窗明几净，服务生也穿着得体，酒单很华丽。自此，餐饮业正式发轫了。

但真正让饭店水平大为提高的，是 1789 年法国大革命。大革命轰轰烈烈地折腾了近三十年。这期间，贵族倒台、国王被斩、拿破仑呼风唤雨，你方唱罢我登场，轰轰烈烈。大时代风起云涌之时，好手艺的厨子怎么办呢? 主人倒台了，贵族没有了，贵族们的名厨子们，只好走出家门，去开饭店了，也因此，贵族饮食流入民间。旧时王谢堂前燕，飞入寻常百姓家。

19 世纪，先是出了一批美食评论家，划拉出了一堆作品，比如布利拉·萨瓦汉先生的《美食品味的哲学》，比如大仲马——他可不只写小说——搞出来的《厨艺词典》。夏尔·蒙瑟雷先生创办了法国第一份美食报纸。19 世纪新出现的中产阶级，把这些读物和报纸一股脑儿消化了，学全了，去巴黎街头新开的各类餐厅里，颐指气使。恰好 1822 年前后，巴黎开始大规模建造玻璃和钢铁的拱廊，设置百叶窗，逛街购物环境大为改良；餐厅老板们也聪明：巴黎遍地都是艺术家，抓一把来，请他们给设计菜单，用秀雅字体、美丽纹饰，让食客们有情绪——美国人则要晚半个世纪，才开始满纽约抓年轻姑娘，给餐厅菜单打字呢。

这里的问题是：法国人开始改善他们上菜的方式了。

如前所述，中世纪时，法国人是上满一桌子菜，大家动手吃，这是传统的法式上菜法——不管好不好吃，看都看饱了；19 世纪前半叶，法国开始有贵族用俄式上菜法，就是如今的法子：

一道菜一道菜，头盘、主菜、甜点，慢悠悠地来，大家也很帅气地用餐具。这就显得有品位有次第，不再如先前那样，用宫廷女画家勒布伦的说法：

"大家把脸沉没在满桌吃食里。"

乱世出英雄，于是马里-安托万·卡雷姆先生，站上了时代巅峰。

这位先生出生在法国大革命开始前五年，十岁时在乱世里被父母遗弃，依靠天分和野心踏上了征服厨房之路：他以著名的"拼装点心"——用糖浆、牛轧糖、杏仁、棉花糖摆出华丽的雕塑态——名满巴黎；他为外交大臣塔列朗一口气编出了一整年用的菜单，而且全用上了当季适合的食材，因此，连拿破仑都知道他的名字。拿破仑倒台后，他去伦敦，为乔治五世做过饭。他的名气如此之大，于是彼得堡那边，俄罗斯的亚历山大一世都召唤他去，甚至不用他做饭，只是请他当座上宾。最后，他回到巴黎，为富可敌国的罗斯柴尔德家族当主厨。

他是史上第一个真正"法国高级大餐"的"大主厨"。他做了许多先锋意义上的大事，比如：食材的精加工；使用各类植物调味料和新鲜蔬菜；发明了一些经典的酱汁和配料；完全改变了欧洲王室的饮食品味；设计了第一顶标准的"厨师高帽"（现在厨子们还戴着的白帽子）；出版了伟大的法餐食谱《法国厨艺的艺术》；开创了建筑造型摆盘艺术（从此大家都知道摆盘得尽量好看了）；确立了四大酱汁——德国汁、白汁、西班牙汁和天鹅绒汁。

至今，这位先生的肖像，还在法国烹饪大师协会的牌子中间搁着呢。

之后是其他大师：法国烹饪大师协会的创立者，是瑞士人约瑟夫-法弗雷。这位大师更理论派，提倡"健康的食物胜过药物"，他劝阻大家，别再跟18世纪那样不分青红皂白大吃大喝，应当食不厌精，吃得少而精巧。后来则是被称为"烹饪皇帝"的奥古斯特-埃斯科菲耶。他的烹饪法则，基本师从于卡雷姆，但进行了简化和现代化。他成就了著名的丽思卡尔顿酒店，从

鲮鱼

甜点

他之后，开始有酒店以大厨当招牌了；他出版了《厨艺指南》，使食物标准流程化；他把大量法国乡土菜改良为高级料理；他根据卡雷姆设立的四大酱汁，设立了五大标准酱汁——白汁、天鹅绒汁、西班牙汁、荷兰汁和番茄汁——而且保持至今。

至此，法国大餐的体系基本构建完毕了。法国菜，也终于从当初跟在罗马人后面茹毛饮血的粗野劲，变成了世界最顶尖的美食成就。

但是，如上所述，就像中国人平时不太吃满汉全席似的，法国大餐对法国人来说，依然不是日常吃的。法国大餐，是所谓 Haute cuisine，haute 在法语里是"高"的意思；日常呢，就吃 Cuisine en Locale——地方饮食。就像重庆人吃牛油火锅、广东人吃打边炉、北京人吃水爆肚，法国人吃什么也有各自的当地风格。

如果要粗略分，则法国可以按着邻近国家的口味来：西北靠英国，口味也英国化；东南靠意大利，口味也意大利化；东边靠德国，口味德国化；西南接西班牙，于是口味也比较接近西班牙……这就像中国内蒙古也吃蒙古式的烤肉和炒米，东三省也吃朝鲜冷面，广东人民对越南粉也不讨厌，一个道理。

西北那片儿，即诺曼底和布列塔尼那边，靠英吉利海峡，吃东西也很英国化：平时吃东西，尽量用黄油、苹果和奶油。诺曼底人愿意给你吃一锅奶油炖的贻贝、木炭烤鲑鱼，煎蛋饼讲究坚实泛咸，塞着蘑菇碎片，还配上苹果酒；布列塔尼人则会把大片巧克力镶在醇浓的奶油里，装在一个比你脑袋还大的玻璃碗里，搁点儿苹果碎，当作甜点给你吃。

卢瓦河谷的小店则会热情推荐白奶油炖鱼，到夏天，乡下田庄还会请你吃红到发黑、脆甜可口的樱桃。当然，你也得谨慎：吃顺了嘴，对店主的一切推荐都点头，很容易被"我们自家山羊制的奶酪"一类家伙给呛到，也可能被奶油炖贝类里的甜杏仁吓到。

出巴黎往北或西北，到诺曼底或布列塔尼看到海，都差不多是四小时车程；沿途行车，如在小人国。平野广袤，偶有缓坡，湖水般大的油菜花田，衬得颜色鲜艳的汽车子小得像糖果；天空太广大，垂天之云像巨人的棉花糖。到近海所在，云和阳光像在玩斑马线游戏，一忽儿阳光烂漫，一忽儿雨打车窗。你甚至能在阳光下望见平野前方，雨水落下，彩虹在灰色云间挂着，等你过去。除此而外，就是大片草场、运河如带，牛们或站或卧，悠闲地看着奔忙的人类。体积比轮廓更明白，色彩比线条更显著。

英国人和法国人，各自觉得诺曼底和布列塔尼是自家地盘。说来也不奇怪，欧洲历史地域，本就一笔糊涂账。镇镇有国王，村村有领主。法国人逻辑里，布列塔尼和诺曼底都是法国本土，欧洲大陆的北岸，跟英伦岛国隔着海呢；英国人逻辑里，他们的国王先就是诺曼公爵，渡海北上占了三岛，这片土地本就是他们的。百年战争期间，这地方朝秦暮楚，天晓得该归哪边。

对第三国的游客而言，只有一个非常明显的利好：与法国其他地方打死不肯说英语不同，布列塔尼和诺曼底人的英语相当好，还很乐意跟你说英语，口音也不奇怪——当然，相对应地，他们的法语口音很奇怪就是了。

　　布列塔尼在法国西北，戳出一截在海上，最有名的所在是圣马洛。这地方海岬之上，有巨大的城墙环绕居民区。按说欧洲人不同于中国，轻易不造城墙围老百姓，圣马洛如此，一则以守，一则以攻。原来老年间，圣马洛是个海盗城。海岸线遍布据点，居民闲时打渔，忙时抢劫，而且自奉甚高：咱们是迎击英国侵略者的正义之师，可不是打家劫舍的土匪！在全城最好的一段儿海滩，依然可以看见海中几处小壁垒。

　　四百年前尼德兰人填海造陆时，法国人嘲笑说荷兰就是片沼泽，山猴子的国家：你可以在树上攀援过整个荷兰，脚不用沾地。实际上，欧洲大陆靠北海那段儿，大多是低湿的平原，由河水冲积而成。因为坡度偏缓，河水流得慢，河面上经常水气缭绕，月光下常见到幽蓝的河雾。海岸线雨雾密布，一天见到四小时阳光便是好天气。也因此，圣马洛的天空不像南方似的火辣辣，倒有北国风味的湛蓝明净，但云层很低，水汽流动，忽晴忽雨。在海滩上站着晒太阳，猛可间就能见西面黑云铺天而来，赶紧躲咖啡馆去。圣马洛离英国还近过巴黎，所以吃东西英法风味混杂。英式的炸鱼薯条自然是做的，配葡萄酒和极甜的冰淇淋——太舍得用牛奶，吃完简直发干。

诺曼底最名胜处，是为圣米歇尔山。寻常游客看个热闹，教徒对之趋之若鹜。按原有传说，八世纪时此处是一个海中山岛，上建着大堆教堂。当年英国和法国打百年战争，圣米歇尔山始终屹立不倒，因为这地方一天有三分之二时间涨潮，一涨潮就成了岛。英国人曾经趁退潮时跑去围山攻打，不料一涨潮，围山之军皆为鱼鳖，法国人就感谢上帝：淹英国人淹得好！今日站在那山岛上，有点儿《魔戒》三部曲里刚铎首都白色之城米那斯提力斯的意思，望城下人群涌动如蚂蚁，也就不管他们是普通游客还是半兽人了。教堂犹在，只是毕竟是中世纪时所建，许多顶棚是木制的——毕竟欧洲人再喜欢石头建筑，也得考虑到大石头运上岛来，太不容易。至今岛周遭都还是湿泥沙地，唯一长久居民是猫。

圣米歇尔山上自称有名吃，端出来看，是平淡无奇的土豆配牛肉。这两样材质都不出色，好在舍得大量奶油和苹果酒焖出的酱汁。诺曼底人真是爱苹果酒，饮食皆用，还用来在汤锅里焖煮贝类。诺曼底人又喜吃煎蛋，简直要用来作为主食。比起南欧酥软的煎蛋，诺曼底煎蛋要劲脆得多，外表务必煎焦，中夹海鲜和火腿，煎蛋简直可以用秤钩钩起来，或者切块儿扔给海鸥。炖猪肉也很美味，问老板怎么做的，老板答说猪是靠吃苹果养大的，体格好；要做时，用苹果树木头先烤，再用盐腌，使苹果酒慢慢炖——这猪一辈子都跟苹果一起过了。

法国西边靠着大西洋，世界很容易被波尔多和冠绝世界的葡萄酒震慑，忘了法国西部的牛羊和家禽。西南比如阿基坦那地方，牛肉和阉鸡极为出名——公元一千年前后，阿基坦的威廉九世号称吟游诗人，是中世纪著名的浪子。他自吹骑马过科尔诺山时，在一个城堡里待了一星期，吃了两只阉鸡、一堆胡椒和白面包，然后从容地和两位贵妇人在一个星期里乱来了187次。

至于牛肉，我曾经边吃边听一位波尔多老先生神吹，说法国西海岸的牛肉与众不同：靠大西洋，牧草被海风熏染，含盐，牛肉格外紧实鲜美，杀完后的熟成也得另外计算时间，比寻常牛肉多两天，如此烤制出来的牛排才好吃云云。

法国西南多鸭鹅，是法国产鹅肝的好地方，当地的酒配当地吃的，所以圣诞节法国超市卖鹅肝，常推荐搭配西南比利牛斯山那边居朗松产区的甜白葡萄酒，要不然就是波尔多地区金黄甜润的苏玳酒。当然，因为离西班牙不远，所以图卢兹的店也常有西班牙风味，你能在图卢兹吃到西班牙海鲜饭——虽然法国人偶尔会在海鲜饭里加鸡肉块，西班牙人未必愿意。

法国东南向，大概最热闹：塞文山脉那一带产各类山珍，我见过一个店，直接使葡萄酒，炖了各类蘑菇、香肠、草莓，连同一大块足球大的山猪肉来给你，倒是酥香。

法国德龙省，有著名的布黑斯鸡，那玩意儿吃得比人都精贵，爪子的颜色都得挑剔。当然，南部最神乎其神的，还是松露。你被人神神秘秘地递过来个袋子，"闻一下"，觉得味道怪异刺鼻时，多半就是这玩意儿了。南部人爱在意大利细面条或煎蛋上撒一点儿黑松露，会有化腐朽为神奇的效果——虽然讨厌吃的人也会觉得："这是什么怪味黑饼干吗？"

普罗旺斯的风味精髓，则是大蒜。大仲马当年说：他坐在马车里离开巴黎，不看窗外，都能觉得自己进了普罗旺斯。为什么？因为闻到了健康、丰硕、活泼、健壮的大蒜味！

基本上，将大蒜捣碎，与橄榄油拌上，是普罗旺斯菜的基本调味风格。

蛋黄酱里，加橄榄油与大蒜，与意大利干酪丝一配，往鱼汤里倒，就是著名的马赛鱼汤。

一锅贻贝，用大蒜焖煮出来，就是普罗旺斯风味；如果你用奶油和白酒，大家只会扮个鬼脸，"诺曼底人才这么吃"。

烤的面包，要蘸蒜蓉蛋黄酱吃才对得起它。

您在尼斯或马赛，吃鹅螺或牡蛎，店主如果体贴，会端上蒜泥，以及"专门配合蒜味喝的白葡萄酒"。

中部靠东，有伟大到足以和波尔多媲美的葡萄酒圣地勃艮第产区，以及他们传世的奶油蜗牛。这里多说一句：早年蜗牛是意大利人爱吃，勃艮第招牌的"奶油西芹炖蜗牛"，也是19世纪之后才有的。古代法国人吃蜗牛，一半是为了健康——有修道院修士相信，蜗牛泡在糖浆里喝了，可以止咳。

因为靠着德国，所以有许多风味很德国化，比如汝拉人的香肠和酸菜，有点儿德国风味。法国人越是偏东北，越是依赖猪肉和啤酒。阿尔萨斯和洛林被法国和德国两边抢了许多年，所以有些饮食风格很混同。法国人爱吃的鹅肝，最初是从阿尔萨斯传入法国的。

洛林地方，早饭经常跟德国人一样，给你摆满一桌果酱。普鲁斯特看了就会追忆似水年华，书里的玛德琳蛋糕就是洛林出产的，最初是路易十五的岳父、波兰国王斯坦尼斯瓦夫一世的厨子玛德琳-保尔米耶创的：把面糊放在贝壳型模子里烤，加碎坚果和柠檬皮。最好的坚果，自然是选择加杏仁——因为法国东北，一如诺曼底和马赛，对杏仁碎还挺在意的。蛋糕和贝壳里，都可能就地撒一把。

当然，对普通巴黎人而言，20世纪60年代更为重要：由于现代科技与商业发展，他们在20世纪60年代，普及了葡萄酒、芥末蛋黄酱配牛排、胡椒、香蕉和番茄汁、煎鱼、野菜泥、速冻豌豆、熏鲑鱼、虾肉和鳄梨，以及甜点。

毕竟，无论上流社会怎么折腾，百姓能吃上一口好的，才最重要。

市集

巴黎大菜场的声名，着实赫赫扬扬。钱锺书先生《围城》里，就有这么个段子：

方鸿渐坐在个味道怪异的沈太太身边，心里想，这真是从法国新回来的女人，把"巴黎大菜场的臭味交响曲都带到中国来了"。

臭味交响曲，没错。

如今巴黎大菜场是不复存在了，只留下了一个庞大无比的沙特莱车站。凡在巴黎坐过地铁的人，说到此地都要做噩梦：3

条铁路，5 条地铁线路，15 条公交线路，26 个电影院。"宁可走一站路，也别去沙特莱换乘！"

传统的巴黎大菜场，指中央市场 Les Halles。这玩意儿早在 12 世纪时就有概念：巴黎人民在市中心分区摆摊，贩卖蔬菜。中世纪时这里除了卖菜，还带杂耍卖艺、演讲嫖妓。15 世纪开始卖鱼，16 世纪下半叶主打卖面包、黄油、奶酪和鸡蛋，1763 年，曾经卖玉米的厅变成了肉食厅。大革命前夕，还有一身华服的新派贵族来这里，鼓励人民奋起。

拿破仑一世时代，建起了五个屠宰场：大市场的肉类供应丰富了。

19 世纪中叶，这里建起十二座大市场，合计占地三万多平方米，而且分门别类，比如三号市场卖肉，九号市场卖鱼。

大作家左拉说这是"巴黎的肚肠"，肚肠的味道，自然不算好闻。每天天不亮，八个火车站，五千辆马车，将猪羊牛鱼、蔬果瓜菜，一气儿运到中心去。这一路味道袅袅，自不待言。

到市场里，万匹马牛形形色色的粪便、十万条鱼的腥味、法国成千上万种怪异奶酪的臭味，分声部列高下吹拉弹唱，没法子不让人交响。

传统大市场消失于 1971 年。诚然此地宏丽热闹，琳琅满目，摩肩接踵，但现代社会，更得解决卫生和拥挤。巴黎日益增大，会修地铁与公交线路，不可能全市人民继续坐着马车或步行赶到市中心来买菜。

大市场没有了，但大市场的精神流散到了大街小巷。

比如朗吉斯。海鲜、肉类、蔬果、奶酪、鲜花。每天仅蔬果，总得出去三千吨。这地方已经算巴黎近郊了，小巴黎穿戴整齐的诸位轻易不来，都是专业厨子、资深主妇、食品供应商，都是行家，挑肥拣瘦，巧舌如簧。偶尔夹杂旅游者来看热闹。既然如此，免不得看见论半爿买卖的牛、巨大的鱼、大桶的酒之类专业的玩意儿了。

现代食品工业，是把肉类蔬果都分门别类、切割包装，令买家觉得买一坨牛肉与一条面包，相去不远；真到了食品的源头，才会发现食材本身，到底还是粗莽原始、血气厚重的。

对寻常人等，拉斯帕伊市场更适合。这地方在拉丁区，每周二、周五、周日出摊。卖的东西也不吓人：土豆、蒜、韭葱、春夏樱桃、夏秋葡萄、杨桃、蜜瓜、蘑菇、大蒜、鳕鱼、鲑鱼、贻贝、各类香草——总而言之，淑女们也可以从容面对，不像一个猪头半头牛，会吓得人不知如何下手。这地方吆喝声也不大，不像朗吉斯那么粗如洪钟，毕竟是在市区里，大家都斯斯文文。最多卖松露的诸位，口气会大些。实际上，到拉斯帕伊来的诸位松露贩子，虽然不像法国东南部若干小镇，会往松露里塞铁管那么不诚实，但他们吹嘘的，也得打折扣；无论谁说"这是我三天前在哪里哪里用猪挖到的"，多半是假，基本是在当地买了，到巴黎来哄人的。

当然也有好处：去拉斯帕伊周边的餐厅，叫一份松露煎蛋，或者让上一份意大利面浇橄榄油和松露碎，多半货真价实。

在大市场买个酱肉三明治，还可以溜达到卢森堡公园里，坐着看孩子奔跑、业余乐队演奏、赏心乐事。

如果确实想领略百多年前巴黎大菜场的感觉，也可以去蒙特古伊市场街。这地方如今咖啡馆和点心店多过铺子，铺子本身也像在化装舞会：色彩斑斓明丽，还有小贩专门打扮成古人模样。加上鹅卵石铺就的小路、偶尔路过的猫影，盎然有古意。

但最秉承古典精神的，还是渗透到社区的市集。比如，塞纳河的托尔比亚克桥边，每逢周末，在卡萨尔斯路边的上坡段，会摆出一列水产。鲑鱼蛤贝、大虾牡蛎，不一而足。常有人路过，顺手要俩牡蛎，买一瓶农民自酿酒，就溜达过马路，去塞纳河边喝酒时吃。某天我跑步经过，看见有位仁兄手插在口袋里，头发后梳，整个人慢条斯理，走到一个牡蛎摊边，掏出钱放下，伸嘴；牡蛎摊老板老练地持刀开壳挤上柠檬汁，将壳沿递到客人嘴边，客人一口吸走，点点头抿抿嘴，满脸"好鲜"，然后继续溜达走了。

巴士底广场每逢周四，会开两大列四大排的市集，蔓延半站地铁的长度。服饰、音像、鸡蛋、海鲜、蔬果等便不提了。有阿姨专门做了肉丸、烤鸡这些成品货，周遭的学生与上班族周四午休就跑出来买了，坐在公园里面对喷泉大吃大喝。片火腿的大叔还会引人围观，看他如何削出薄如纸片的殷红火腿。奶酪铺子那边是最让人爱恨交加的：那堆铺子常在地铁口旁，所以出地铁的诸位，有皱眉掩鼻而过的，也有满脸舒泰赶过来看热闹的。

难闻的气味，好闻的气味。现代都市会希望摒弃气味，或者用香水味来代替，但传统市集，有生活情趣的市集，是讲气味的。

我国有位颇为洋气、甚讲派头的演员，曾如此划分人群：吃大蒜的，喝咖啡的。

大概这位先生觉得，吃大蒜的，就不够洋气吧？

然而法国人偏偏爱大蒜，不止法国人，地中海沿岸居民，都觉得蒜是天赐神物——这就尴尬了不是？

希腊乃至西方医学的传奇希波克拉底先生，认为大蒜无所不能：可以利尿，可以通便，可以发热御寒，简直是天赐之宝；和希腊特产的橄榄油一配合，天下无对。古希腊人航海，吃大蒜、橄榄油就鱼，胜似天堂。妙在吃大蒜杀菌解毒，不易生病，还能当药使，真好。十字军时期，西欧骑士健康状况都差，但吃上了大蒜，防疫能力飞升，一时百毒不侵。于是中世纪末期，大蒜流行西欧，乃是防瘟疫治感冒的万灵丹，对付黑死病的杀手锏；甚至有欧洲人挂一串大蒜在脖子上代替十字架，还能对付妖魔鬼怪。在哥伦布发现新大陆之前，地中海居民主要的饮食乐趣，便是将大蒜捣碎，配上荷兰芹，蘸鱼、蘸面包、蘸烤肉，无往而不利！

现在举世向往的法国蔚蓝海岸，有普罗旺斯风味。普罗旺斯风味为何呢？答：大蒜味。

19世纪时，许多在巴黎的名流，每到冬天就头疼脑热，心情阴郁，要去南方。没到过普罗旺斯的人，总想象普罗旺斯是薰衣草味、玫瑰味、晚香玉味。然而对法国人而言，普罗旺斯主要的动人处，就是大蒜。将大蒜捣碎，与橄榄油拌上，是任何普罗旺斯菜的基本调味风格。

经常在巴黎晃荡，喜欢将巴黎与死亡、泥淖、女性等主题挂钩的诗人波德莱尔，也有生机勃勃的爱好。他认为这种南方的大蒜味儿，就是生命力：

"显示出南部法兰西人的强烈生命力——在尼姆、艾克斯、阿尔勒、阿维农、纳博讷和图卢兹等南方城市，沐浴着热情而明媚的阳光。"

相比而言，波德莱尔自己说身边，19世纪的巴黎空气，"浑浊又沉闷"。

当然，他偶尔也夸一夸巴黎，尤其是假期时节。在波德莱尔眼中，真正的巴黎民间快乐，来自那些最平常的节假日：孩子们逃离学校、大人们与噩梦般的生活暂时停火，在与生活无休无止的斗争中和整天的提心吊胆中，获得一次短暂的停歇。无论是市井之徒还是致力于精神世界的人，都难以摆脱这民间的快乐，到处一片光芒、烟尘、叫喊、欢乐和嘈杂，生命力满溢的狂欢。

这种狂欢是什么味道的呢？波德莱尔说，是一种"油炸食品的香味"。波德莱尔认为，这味道压倒一切芬芳，像是为这节日所供烧的香火。

俗气吗？然而波德莱尔大概觉得，这才是生活。

一百多年后，玛格丽特·杜拉斯在她著名的《情人》里，描述女主角与那位情人约会的房间。那里该是什么味道呢？杜拉斯说道：

"浓郁的香烟味、炒花生味、牛肉汤粉味、烤猪肉味、蔬菜味、茉莉花味、尘土味、佛香味、松炭味……"

就是在如此生活化的味道里，女主角和她那位情人对彼此所爱永远铭记，至死方休。

巴黎传奇中的上流社会是什么味道，我们已经无从得知了；但左拉在《巴黎的饕餮》里，倒是如此绘声绘色地报了一段菜名：

什锦生菜、莴苣，蓬勃肥壮，各带泥土，露出鲜润的心。成把的菠菜与羊蹄菜，成堆的豌豆与四季豆。包心白菜和卷心菜堆积如山。茄子深紫，番茄殷红，金黄的洋葱，橙色的南瓜。胡萝卜，白萝卜。整头小牛，鲜红的牛羊肉，淡红色的小牛肉，剖腹去肠，小牛脑髓，深紫色的牛腰子。猪肠子里塞了生肉糜和生油。腊肠、腊猪舌、猪肉糜和油渍沙丁鱼。鹅肝冻、野兔冻。丁香、豆蔻、胡椒。腌青鱼、熏沙丁鱼、肥膘火腿、柠檬果盘。熏牛舌、熏猪肘。苹果、白梨、葡萄……

您想象这些东西还没入盘上桌时，的确味道不敢恭维，但这就是生活本身。这些，加上大葱味、大蒜味、甜菜味、波德莱尔的油炸食品味，以及，当然，能把人从店里直接顶出门的各色奶酪味，才是巴黎真正的底色。

蒙马特的明暗

巴黎的最高点蒙马特——海拔 130.53 米——曾经与巴黎若即若离。

历史上，蒙马特就是巴黎北的一座山，有修道院，有葡萄园。1590 年巴黎围城期间，亨利四世在这里安了个炮台；一百多年后，在克里尼昂古尔附近设立了一个瓷器厂。

1876 年，35 岁的奥古斯特·雷诺阿在蒙马特租了个工作室，画布和画架搁在马厩里。理由不难明白：那时巴黎正在大搞奥斯曼男爵改造，穷艺术家和失业者纷纷往蒙马特涌来。

皮埃尔-奥古斯特·雷诺阿生于 1841 年，比他的好哥们儿莫奈小一岁，七兄弟里排老六。老爸是个裁缝。13 岁，他就学会花里胡哨给人弄装饰，趁晚上去上课，学习素描和装饰艺术。17 岁那年，为了谋生，他已经开始为武器雕刻纹章、给扇子上色。因为做惯了装饰，他对色彩极为敏感，而且因为少年时就得完成枯燥工作，他很会为自己找乐子。

"如果画一个东西不能给我乐子，我画来干嘛呢？"

19 世纪 60 年代初，雷诺阿和莫奈在巴黎相识，加上和雷诺阿同年、学医不成的巴齐耶，还有大莫奈一岁的西斯莱——这四个家伙一起聊艺术。那会儿他们穷，于是雷诺阿常从家里带出面包来喂饱大家，而莫奈则带着大家到处蹭饭。1866—1870 这几年，盖尔布瓦咖啡馆里，这四个少年一边分享雷诺阿的面包，一边谈论冬日阳光与夏季阳光的区别，雪在夕阳下泛出的橙色与蓝色。

1874 年，雷诺阿父亲去世；他的画风则被评论家嘲讽。评论家看他笔下肉乎乎的裸女，看他有力的笔触描绘阳光下的烂漫颜色，说：

"雷诺阿所画的裸女，肉都像要腐烂了似的！"

1876 年，雷诺阿在蒙马特租的旧工作室里住着，从马厩里搬出画架和画布，在花园里完成了《秋千》；他也试着把画架与画布搬去煎饼磨坊，看着蒙马特的阳光，完成了印象派史上最著名的作品之一——《煎饼磨坊的舞会》。这幅乐观动人的画描述了欢乐的人群和节日的美丽，而最核心的部分则是：阳光落在回旋的人群身上时，节日服装的鲜艳色彩如何悦目混合。近景的人物脸上光线斑驳；而越往远处去，形象就越来越隐没在阳光与空气之中。他还是不爱勾轮廓，喜欢画欢快丰腴的人群。阳光与肌肤都光彩熠熠，仿佛要融化一般：

35 岁了，雷诺阿还是跟一个孩子似的爱热闹。

然而那也是当日蒙马特的真实写照：这里是雇工、农民、小偷、流浪汉、磨坊主和穷艺术家的天堂。他们远离了巴黎繁华的核心，却也有了欢乐的权利。周末或假期，他们载歌载舞，既为自娱自乐，也为了呼朋引伴。

19世纪80年代，雷诺阿开始时来运转。与此同时，蒙马特开始改变。

1881年，鲁道夫·萨利——他爸是弄柠檬水的——在蒙马特开了第一家艺术卡巴莱。他自己是个不太成功的艺术家，觉得不妨将饮食与风雅艺术结合起来，"一个路易十三风格的博物馆，搭配拜占庭风格的锻铁枝叶吊灯，让绅士、资产阶级和农民都能用金光闪闪的杯子，喝雨果喝的苦艾酒"。施工期间，他在人行道上看见一只迷路的黑猫，于是给自家的店起名为黑猫。

这家店的早期风格颇有暗黑之风。由于保罗·魏尔伦和让·洛兰这类名人爱去，大家传说这里是男男相爱者的天堂；据说店里时常拿客人打趣，甚至敢对当时的英国王子，即后来的英王爱德华七世出言不逊，于是大家都乐此不疲。1896年，泰奥菲尔·斯坦伦为"黑猫"画了招牌，从此它成为蒙马特所有卡巴莱的象征，甚至成为整个巴黎最有名的招牌，那是后话了。

1889 年世博会那年，蒙马特山脚下开了另一个传奇：红磨坊。老板约瑟夫·奥勒及其董事兼合伙人夏尔·齐德勒，想搞一个奢华的娱乐场所，把巴黎的有钱人哄过来。

　　当时红磨坊的卖点有两个，一是著名的康康舞，即大腿舞；二是其前所未有的房间结构，场景快速变化，观众混成一堆。无分贵贱，大家都能看着美女以极快的节奏跳康康舞。红磨坊的口号，是所谓"舞会、娱乐、多样性"。像毕加索、雷诺阿、普鲁斯特这些大师，也会专门来看热闹。老板奥勒很精明，他认为自家拥有划时代的卖点：

　　"以前，性被认为是一件不光彩的事情，快乐的表达只存在于非法的爱情中，只存在于男人的非法爱情中。除了雕塑和绘画，女性的身体从不显露出来。"

　　红磨坊呢？"这里是一个女性宫殿，是大胆与奔放。"

　　红磨坊开张一年后的 1890 年，迎来了亨利·马里·雷蒙·德·图卢兹－劳特雷克－蒙法。

红磨坊

12 年前，14 岁的劳特雷克经历了第一次骨折，隔年，又一次。加上遗传病，他身高停在了 150 厘米，举步艰难。他本有贵族血统，至此伯爵继承人的地位却堪忧了。18 岁那年他跟聋哑画家布兰斯多学画；20 岁那年他住到了巴黎西北的蒙马特高地；24 岁，他爱上了雷诺阿的模特，性格独立却桀骜的苏珊娜·瓦拉东，一年后断绝关系；25 岁，因为比利时画家格鲁批评了劳特雷克的好朋友梵高，劳特雷克宣布他要跟格鲁决斗，逼得格鲁道歉。

　　他不相信女人，老师是个聋哑人，自己是个残疾人。他沉湎于蒙马特的幽暗与灯红酒绿。他的好朋友梵高在他 26 岁这一年死去，他的精神导师是酷爱画芭蕾舞演员的德加。

　　在蒙马特，他遇到了 24 岁的路易·韦伯女士。

　　这位姑娘四岁时父亲双腿残疾，七岁时父亲过世，她被叔叔收养。她当过洗衣妇，当过模特，当过舞者。23 岁时红磨坊开张，路易成为最初的头牌。她的艺名是拉古略，贪吃者——据说她总能将客人劝的酒一饮而尽。

他俩相遇后，劳特雷克画了《红磨坊的舞会》。画的右侧有他白须苍苍的父亲，画中纵情起舞的姑娘则是拉古略。这幅画肆意之极，据说老劳特雷克伯爵看到这幅画时疑惑："这幅画真画完了么？"

劳特雷克师从印象派，但又走得更远。印象派老几位——莫奈、雷诺阿、毕沙罗，包括劳特雷克自己的师傅德加——讲究的是速度与现场，用细碎笔触画下当时的光影，无视传统素描技法；劳特雷克对光影和色彩很敏感，但他乐意画得色彩浓烈而不和谐，乐意将他们的特征夸张一下。在他笔下，在全世界妖娆的绿色与黄色，以及人人一身黑的情景里，拉古略的色彩与动态都无比绚丽：那就是传奇的康康舞刚被世界了解之时。这幅画并不圆润，并不优雅，但是跳跃明快，舞厅的气氛尽在其中。

1892 年，劳特雷克手痒了。他多年钟爱浮世绘，他在红磨坊已经玩了两年，他与拉古略有了微妙的感情。他，一个自身残疾的贵族，一个习惯了聋哑老师、梅毒妓女却又傲气十足的艺术家，决定更进一步。当时全法国的海报多是黑白的，他却制作了一幅华丽幽暗的版画海报。与一年前的油画一样，观众们是黑色的剪影，整体色调是金黄，焦点是拉古略活泼的舞蹈——也有人说模特是另一位著名舞者雅内·阿夫里尔。

后世许多评价会说，这幅海报对招贴画艺术和平面艺术意义重大，但在当时，劳特雷克说，他只是截取了蒙马特与红磨坊的色彩与光影，以及，拉古略的舞蹈。

一夜之间，拉古略成为全法国的明星。一夜之间，劳特雷克成为商业海报的宠儿。

劳特雷克的巅峰期从此开始。他用急速如舞蹈的线条描述舞蹈，用舞蹈般的曲线描述动态，用下朝上的灯光明暗让一些人藏在暗影中，让突兀的光影打在女性——尤其是拉古略——的脸上。

当然好景不长。又六年后，拉古略离开了红磨坊，经营失败，一贫如洗。同年劳特雷克沉湎酗酒无法自拔。1901 年劳特雷克逝世，同年拉古略与一个魔术师兼驯兽师结婚。她自己的表演小屋外依然有两幅招贴画——那是劳特雷克赠送给她的，最后的温柔。拉古略的独生子被一位商人收养，她得了笔钱，大半送给另一位妓女付了医药费，剩下全都捐给了教堂。

到 1904 年，红磨坊已经成了音乐会和酒会的圣地；到一战前夕，已经是轻歌剧的殿堂。甚至 1981 年，英国女王伊丽莎白二世都来了红磨坊。谁知道呢？康康舞，CANCAN 这个词，最初可是丑行、流言的意思。时光一旦足够长，可以让一切曾经的褒贬都转变方向。

劳特雷克和拉古略，代表着蒙马特开始时的精神。一群自觉离开主流世界，在灯红酒绿中舞蹈的人。他们各有自己的缺憾，从来也不追求完美，但在这奇妙的幽暗之中，他们找到了自己适意的时光。劳特雷克和拉古略合力截取了最初的蒙马特，最初的，不羁、骄傲、突兀又美丽的幽暗。

但蒙马特最神奇的存在，是另一个人。

黑猫开张后两年，红磨坊开张前六年的1883年，雷诺阿初次见到18岁的玛丽·克雷门蒂娜·瓦拉东。她是个巴黎洗衣妇的女儿，不知道父亲是谁，11岁弃学。她的工作履历里，包括了帽店小妹、花圈店打工妹、蔬菜贩子和端盘子的。她十五岁去马戏团演出，一年后从秋千上摔下来，结束了她短暂的马戏团生涯。18岁生了个儿子，与她一样，没有父亲——虽然后来她的朋友米格尔·郁特里罗帮忙，认了这个儿子，给孩子起名叫莫里斯·郁特里罗，但许多人都认定，他只是个假爸爸。

18岁开始，她为蒙马特高地那批年轻画家当模特。

她一踏入画室，便显出作为模特的天才。不只因为她很美——印象派作曲家萨蒂说她眼睛美丽，双手温软，双脚纤细——还在于她的气度：有诱惑力、标致、好强又撩人。好强的意思是，她不觉得自己会一辈子当模特。

当然并不是说，她当模特敷衍了事。当模特时的她，专注、坚定、桀骜又热情，是个野丫头。雷诺阿在1883年以她为模特，画了一幅舞蹈画，认为她是天生的模特，没人能拒绝她。画画间隙，他们聊天。

"我要做画家。"她说。

两年后，雷诺阿画了她梳理自己头发的画像；又两年，雷诺阿给她画了一幅胸像，还给了她一句评语："雄心万丈。"

传闻她与所有为她画像的画家多少都有些情缘，但她从未真正依附于任何人。她与德加是好朋友，但是平等的朋友。劳特雷克曾跟她好过一年，被折磨得心力交瘁。

她在花圈店与马戏团工作时，一直在画些器物、肖像、风景与花朵。18 岁到 28 岁期间，给诸位印象派名家当模特与情人时，她并没忘了兼收并蓄，从诸位大师那里学东西。

十年之间，她成了一个才华横溢的素描家。她在画裸体女像方面尤其擅长，这事颇让人震惊：因为 19 世纪，女人做裸体女模，依然算伤风败俗，女画家画裸体女像，更是罕见——虽然她们有这样的先天优势，但大多放不开。但瓦拉东利用好了这点优势。

27 岁那年，瓦拉东开始尝试油画。两年后，她的画被选入国家沙龙。她成为法国历史上第一位被官方美术协会承认的女画家。

德加，她终身的好朋友，成了第一位买她作品的收藏者，还教了她版画技法。44 岁，她画出了大型油画《亚当与夏娃》；两年后，《生活的乐趣》。主题全都有关男人对女性的渴望。做多了模特，她懂得男人，当然也懂得女人。

她结了两次婚，分别嫁给了保罗·穆西斯与安德烈·尤特，两段婚姻都持续了差不多二十年，然后离了。第二任丈夫为她儿子帮忙不少，后来她的儿子，那位莫里斯·郁特里罗，成了著名画家，当然那是另一个故事了。

直到以 72 岁高龄逝世时，苏珊娜·瓦拉东，曾经的模特玛利亚，曾经的帽店小妹、蔬菜贩子、马戏团小姑娘、花圈店打工妹、饭店服务生玛丽，曾经萨蒂的情人，曾经的穆西斯夫人和尤特夫人，都还是一个独立的女人。

她做的一切，看来很简单：作为一个女人，独立，从头至尾地独立。她曾是个模特，但最后成为了画家。她不避讳那些情缘，还将它们当成了画作的灵感。男人对女人的情欲是许多女模特想躲避的，她却使之任自己操纵。她没有父亲，她的孩子没有父亲，她始终以一个女性身份独往独来。她的一生不缺少男性，但从来没有一个男性作为主导角色。

雷诺阿说她雄心万丈。到最后，她确实将自己做成了，一个纯粹彻底的女人。

所有被实现的一生所愿，最初都可能只是孩子气的幻想。幻想没有边界，所以才赋予人生更多的可能。

曾经雷诺阿画《秋千》、画《煎饼磨坊的舞会》、画瓦拉东的那个工作室，那个用马厩装画架的地方，后来成了瓦拉东自己的工作室。

如今那里是蒙马特博物馆。画室保留着苏珊娜·瓦拉东和她儿子工作时的模样，楼下的花园则叫作雷诺阿花园。

雷诺阿与瓦拉东的画室

这仿佛是蒙马特这个地方的隐喻：这个寒微的、高耸的、远离巴黎的山区，曾经的工人、农民、葡萄园主、被巴黎抛弃的人们寻欢作乐的地方，最后成了艺术家的摇篮，是蒙帕纳斯的先声。雷诺阿在此描绘阳光，劳特雷克与拉古略在此舞蹈黑暗，苏珊娜·瓦拉东在此当模特，然后反客为主成为这里的主人，成为优秀的画家，她的儿子继续描绘着蒙马特的精神。曾经巴黎的体面人周末跑来这里声色犬马，到如今你可以在圣心大教堂俯瞰巴黎——蒙马特本身成了传说之地。

　　在阳光下看着花园，雷诺阿当年画《秋千》时一样的阳光。一直走下坡去，一边买个巧克力可丽饼——蒙马特的可丽饼似乎特别好吃。红磨坊前的横街上，总有醉汉在喝啤酒。

　　一切都可以星移斗转。无论曾经经历过的晨昏与明暗。
　　蒙马特。

圣心大教堂

十三区

　　赵老师是沈阳人，在巴黎从事当代艺术，嫁了位法国先生。人在巴黎，心系沈阳，以至于先生也会张嘴，来一段标准东北口：

　　"我是沈阳人，我叫诺曼！"

　　在赵老师的某次展会上，我认识了一位上海先生。他住在圣丹尼一带，家里阳台看得见塞纳河与埃菲尔铁塔，言谈间，会流露上海腔，但承认上次回上海，也已是 2010 年世博会了。"现在回去看，上海都不认识了……也不一样了。"

他生在石库门里，说到上海，便回忆起五加皮、德兴馆、大光明电影院，以及姚慕双、周柏春二位先生，甚至还有20世纪80年代，外滩某商厦门口摆的真人大米老鼠造型。说着说着，摇了摇头：

"倒不是说现在上海不好，只现在回去，不认得路了。"

巴黎十三区某个烧腊店，有位剁鸭子的师傅。剁鸭子到最后，他会问："脖子，要？送给李。"然后自嘲地笑笑："送给李，送给泥……你。我发不好音啊。"

他说上次回广州，是2004年。家里还有亲戚，拉他去看天河体育中心。"好大呀！"他绘声绘色地舞手，然后摇摇头，"但是其他我就不认识了！"回到巴黎，他觉得自在些。左邻右舍是越南菜和潮汕茶馆，对门的酒吧，一群老广东在看赛马下注，听许冠杰和梅艳芳；叹早茶，吃叉烧，买得到老婆饼和榴莲酥，他觉得自在："这里比我老家更像老家呃！"

托尔比亚克路到奥林匹亚地铁站那附近，一位壮硕结实的大姐开了一家按摩肩颈店，还带理发。我进门说颈椎有些不舒服，她就给我按上了。大姐很爱聊，按摩时问我介不介意听点什么，我请她随意，于是她开了个音频，20世纪90年代的许多老歌。

"听这个没事吧？"她问。

"挺好的，"我说，"听着挺亲切的。"

"可不是，"她很高兴，"我就爱听这个，觉得跟回了老家似的。可有很多中国人就不爱听，我看啊，都是跟法国人学习了。"

我后来去过几次，时间长了，她也乐意聊几句。说老家在辽宁，后来去南方嫁了人，跟着老公过来法国，但老公一言难尽，于是就自力更生，帮人正骨拿肩做做按摩，中间也去中餐馆当过帮厨，有时也帮一个福建邻居背着器械，去修水管。

"还习惯啊？"我问。

"也没啥习惯不习惯的，"她说，"我就只会几句法语，跟房东打电话的时候用用。"

好在她住在十三区，也有能一起打麻将的华人姐妹，可以去华人酒吧跟一群老广东赌马。她还爱看越南馆子里播的配中文字幕的越南电视剧。

"我觉得就这样过得挺好，有滋有味。"大姐说。

巴黎的华人过起农历新年，煞是热闹。每年岁近，卢浮宫苹果专卖店里的法国人都知道用中文说"恭喜发财"。巴黎十三区老华人街，亚洲超市全被中国元素占领，贴喜字，挂年画，大家互道过年好。这是海外华人的"年味儿"——自然，没有傩舞、屠苏、五辛盘。但是有饺子，有认真扮上、粉墨登场的票戏，有佛教组织的围炉法会和素火锅，有出于尊重华人文化习俗前来祝贺顺便拉拉选票的政客，还有舞狮子：烧腊店平日里举刀剁鹅的大叔，此时精神百倍，大鹏展翅咧着嘴：

"活（佛）山网（黄）飞鸿！"

如果乐意，是可以在异乡过出自己的日子的。

巴黎圣母院斜对面圣雅克街，有家卖红油抄手、重庆小面、钟水饺的店，老板娘偶尔兴起，也做刘包。一天中午，我去吃小面、抄手，外加一小碟钟水饺。我猪八戒脾气，囫囵吞枣吃得快。老板娘去厨房一转，捧了个小碗出来，出来看我吃完了："糟糕，我刚才给你的调料里少了一种酱汁！"看我已经吃完了，跌足摇头。结账时，她收了小面和抄手的钱，但死活不肯收水饺的钱。"这味道都不对的了！不能收钱。"

我一再说味道已经很好了，"你看我狼吞虎咽的！"

老板娘摇头："本来可以更好吃的！——一个川味小吃，调味不正宗，那就是不能收钱的！！"

巴黎的意大利广场（这地名挺奇怪吧）附近，有个川菜馆子。菜单上连中文带拼音，明白敞亮写着菜名：山城口水鸡、刀客白肉、夫妻肺片。下面小字用法语，注明每道菜的食材：鸡腿肉、猪瘦五花肉、绿豆芽、牛心、牛肚、牛肉、牛舌、猪小排……

隔壁有个法国大叔叫了梅菜烧白，边吃边端详菜单。菜单写了猪肉和梅菜。梅菜，为了方便法国人理解，被翻译成法语"中国南方干酸菜"（choucroute sèche du sun chinois），而法国人理解的酸菜（choucroute），是德国酸菜猪手那种。那位大叔跟同桌的人说：

"这些菜名都是咒语。我不相信酸菜和猪肉是这味道！这一定是亚洲魔术！！"

巴黎七大附近，有个挺不错的馆子，做得了很好的蛋糕卷——尤其是肉松抹茶蛋糕卷。配料上肉松写成了"盐腌干猪肉"。我亲见一个法国大叔盯着菜单发愣，叨叨咕咕，说盐腌干猪肉怎么可以配抹茶，怎么还能是甜点？吃了一口，两眼发直："太神奇了这个！"

巴黎十三区某商业中心后头有个馆子，卖萝卜丝饼、小笼包、豆浆、豆腐脑。晚餐卖梅菜扣肉、红烧肉和卷心菜。

于是超市采购之后，常走过去顺便吃一嘴。别的倒还罢了，萝卜丝饼很好——我们无锡人小时候吃的萝卜丝饼，小巧玲珑，萝卜擦丝与面和了，下油锅一炸，吃个酥脆。这家店——我们管老板娘叫二姐——萝卜丝饼大得像个汉堡包，里头萝卜丝分量充足，还可以另外加蛋。吃一个，加一杯豆浆，管一顿了。我去得多了，遇到两次趣事。

一次。邻桌一位先生带着个桌子高的小男孩。"坐！"男孩哼哼唧唧。那位先生用整个店堂都听得见的声音："坐下！听到没！"男孩手扒着桌子哼哼唧唧。那位先生："你只听你妈的，不听我的，对不对？你不坐就吃不到，你信不信？信不信？？"

身材足以堵塞一条走廊的二姐，越过柜台飘过来，围裙像船帆似的，递给孩子一个芝麻团，摸摸头，抱起他放椅子上了。回头对当爸的：

"椅子高，要孩子坐啊？你要抱他的呀！你这个腔调是要打仗啊？下最后通牒啊？你说得起劲，孩子听不听得懂啊？——

菜单!"菜单砸桌上了。

当爸的愣住了,缩小了,坐在孩子旁边拿菜单遮脸。

二姐一边飘回柜台里,一边用全店堂都听得见的声音说:"现在什么人都能当爸爸了。"

我抬手:"二姐,我要加个萝卜丝饼!"旁边的老爷子:"我要个豆腐花!"

一次。我坐着吃豆腐脑,等萝卜丝蛋饼。斜对面一个小姑娘陪爸爸吃,两手抱着油条啃。爸爸一口上海腔,教孩子:"油条搭豆浆,好吃。"二姐从柜台那里给我递了萝卜丝蛋饼:"刚炸好的,吃吧!"

小姑娘看见了,对爸爸说:"爸爸,你只吃油条,会不会腻?"

爸爸很高兴地说:"蛮好的,蛮好的。"

小姑娘接着说:"爸爸,要不然你买个萝卜丝饼吃吧——我也跟着你吃一个。"

一次。二姐没在。她一个晚辈站柜台。我于是招呼：

"阿姐，要个萝卜丝饼。"

"萝卜丝饼还是萝卜丝蛋饼？蛋饼贵半欧。"

"蛋饼。"

阿姐盯着那堆黄灿灿的饼发了会儿呆。"我分不清这里头有没有加蛋。"

"？？？"

"我之前都弄豆花的，我阿姨才懂看这个，饼是她弄的。"

于是她给我了个饼："你就付不带蛋的钱吧。你是老熟人，老在我家吃了。"

我吃了一口："嗯，阿姐，这个里头有蛋。"

"是不是有种抽到奖的感觉啊？哈哈哈……"

十三区接近舒瓦西门，有过一家店，老板笑起来像濮存昕。他初开店时，我以为他是日本人或韩国人。他店里最初的菜单，一半是韩餐，另一半是淮扬点心，又在菜单一角，藏了几个菜：

岐山臊子面、凉皮、肉夹馍。

我请老板来个狮子头看。看时，一惊。江苏人对红烧狮子头，颇有些腹诽。原教旨主义狮子头爱好者，有一套成法在心：狮子头嘛，细切粗斩，肉不能斩太细，不然没肉味；也不好用酱油太重，有酸气；好狮子头慢慢焖好，须清香而不腻。这功夫，一般店里做不了。老板这个店里偏是艺高人胆大，白灼狮子头，肉的口感也峰峦起伏，松而不垮，韧不失弹。真好。

再要了岐山臊子面，老板还担心地补我一句："这面是酸的！"我说我晓得，来来。岐山臊子面，薄、筋、光、煎、稀、汪、酸、辣、香，一味酸最难调。酸不重，不解腻；如果过了一点儿，就难以入口。我吃了一筷子，吸溜下去，是正经酸香，真好。

热干面，点了。

"这热干面怎么样？"

老板看我的眼神，仿佛我大学宿舍舍友等着我鉴定完他预备拿去表白的情书似的。

"挺好的啊！我就觉得……"我说半句话头，老板如汤姆猫揪住杰瑞鼠似的，连问："就是，觉得？"

"似乎武汉的热干面，要稍微粗一点，口感也要稍微……有颗粒感一点？"

"对对！"老板搓手道，"我就是怕面太粗，口感会单调，拌麻油久了，又腻。热干面做早饭，单调点不妨；做午饭晚饭的主食，面就细一点，柔顺些。"

"总体很好吃！"

老板搓着手，在柜台后来回转了两圈："那就好，那就好。"

老板说，他是西安人，在湖北学画。一张口，"曹衣出水，吴带当风"，来巴黎前，国内大江南北，算都待过。画画，也爱做菜。爱做到什么地步呢？他开店，列菜单，写了一大堆菜，后面打钩的，这是有供应的；又一堆菜，没打钩，"暂时不供应，但我在琢磨呢"。

他每琢磨出一道新菜，在黑板上唰唰地写了。到秋天，他琢磨出了热干面。到冬天，琢磨出了羊肉汤。

"这羊肉汤尝味道尝得！都流鼻血！"

先前，我跟老板说，西安有羊肉泡馍，老板说，对。但用店里做肉夹馍的馍弄成泡馍，总是不大对。且巴黎冬天，羊肉汤怎么保温呢？

到入冬，技术难题解决。老板别出机杼，将店里韩餐料理的石锅拿来，盛了羊肉汤——每天熬一晚上熬得的——端上来时噗噜噜打滚；将店里配韩国烤肉用的葱蒜，另放一碟上，自己酌情放羊肉汤里，烫出香味来。最让我叫绝的：两张现烘葱油饼。

"这个好还是馍好呢？"老板问。

"这个好。"

我把葱油饼撕了，扔汤里泡着，葱蒜一把把扔羊汤里。被热腾腾羊肉泡发了的葱油饼，绵柔酥脆；被羊汤泡过的蒜没了辣劲，都泛甜了。真好的羊汤，厚而且润。我都觉得自己要流鼻血了。

"我寻思，过年除了这个，还要有蹄膀才是！"

但老板的创意并不是线性而行的。转过年来，我去看时，菜单上多了杀猪菜。

我诧异了。酸菜怎么做的？

"自己腌的。"

"血肠呢？"

"自己做的。"

要了杀猪菜坐下，老板多问了一句："不是外带，在这里吃是吧？"

"是是！"

"不赶时间吧？"

"怎么？"

"不赶时间的话，我多炖一会儿，"老板比画，"酸菜，白肉，血肠，多炖一会儿才有味，才香，才厚。我下的料多！"

"多炖会儿！多炖会儿！"

老板平时温和礼貌，不知所措地笑笑，爱搓手——有些手不知往何处放的意思；若将话逗出来了，就爱聊，滔滔不绝。冬天，晚饭点，店里比白天安静许多。老板不忙时，在后厨和柜台间播曲子：张国荣、许冠杰、陈百强。

"这个大盘鸡，我琢磨了，不能放洋葱，久煮会烂；孜然撒两遍，味道会深厚一些。"

"香辣锅，汤底放一点米酒，感觉会香一点，味道厚一点。"

"羊汤的鲜味，主要在骨头。羊肉反而不能多炖，要嫩一点，才鲜。"

"清朝的艺术，已经有些太浮夸了。太艳。我喜欢宋朝，好，宋画，宋的青瓷。"

"我不太懂粤语，就看歌词，觉得老香港的歌好听，许多老粤语词有古韵。你听张国荣这个咬字，有没有一点，唱曲子词的感觉？"

就是这样一个故乡在岐山的西安人，在武汉和襄阳学画，来巴黎开了馆子。一边画画，一边琢磨：面条少一点碱，细一点，多一点辣子，做成细条加辣的热干面；用韩餐的石锅盛羊肉汤以保温，用葱油饼代替馍；结合德国酸菜的手法腌酸菜，自己做血肠，做杀猪菜。

边发明新菜，边听张国荣的歌。

对许多巴黎人来说，巴黎已经不属于他们了——久已不属于他们了。19世纪的巴黎大改建后，许多巴黎人感慨说，艺术开始为商业服务了。

巴尔扎克1836年感叹：巴黎的一切都要登记在册了。到19世纪60年代，工人们都不乐意提起自己的地址。巴黎的大改建让巴黎大变样了，却也让生活居所与工作场所对立起来。许多巴黎学者痛心疾首，认为这座城市不再是巴黎原住民的家乡，大城市让人与人的关系变成了雇主与工人、债主与负债人……

到 20 世纪 80 年代，玛格丽特·杜拉斯感慨说，她已经无法出门了。她认为巴黎的夜晚属于罪恶，白天属于商人。明明巴黎也有美好的地方：清澈的空间，富丽堂皇的建筑，但已经不属于巴黎本地人了。

许多异乡人，都很在意所谓"融入当地主流文化"。仿佛不如此，便永远游离于主流之外似的。然而这个时代，人人都生活在别处，每个别处，都未必再属于本乡本土。城市的精神，有时是他乡游子塑造的——越是大城市，越是如此。

巴黎可能不再适合老巴黎的原住民了，但巴黎还是巴黎，只是分了许多个巴黎：无产阶级的巴黎，中产阶级的巴黎，知识分子的巴黎，游客的巴黎……以及，可能，异乡人的巴黎。

巴黎可以很小，走路就可以去到各种名胜，让老巴黎人感慨物是人非；也可以很大，容得下各色各样，奇奇怪怪的，全世界的他乡游子。